Young Jedi Knights 6
Angriff auf Yavin 4

Kevin J. Anderson &
Rebecca Moesta

Das Star-Wars-Universum im Blanvalet Verlag:

Terry Brooks: STAR WARS. Episode I – Die dunkle Bedrohung (35243)

George Lucas: STAR WARS. Krieg der Sterne (35248) • Donald F. Glut: STAR WARS. Das Imperium schlägt zurück (35249) • James Kahn: STAR WARS. Die Rückkehr der Jedi-Ritter (35250)

Timothy Zahn: STAR WARS. Erben des Imperiums (35251) • Timothy Zahn: STAR WARS. Die dunkle Seite der Macht (35252) • Timothy Zahn: STAR WARS. Das letzte Kommando (35253)

Alan Dean Foster: STAR WARS. Skywalkers Rückkehr (25009)

Kevin J. Anderson (Hrsg.): STAR WARS. Sturm über Tatooine (24927) • Kevin J. Anderson (Hrsg.): STAR WARS. Palast der dunklen Sonnen (24928) • Kevin J. Anderson (Hrsg.): STAR WARS. Kopfgeld auf Han Solo (25008)

Brian Daley: STAR WARS. Han Solos Abenteuer. Drei Romane in einem Band (23658)

L. Neil Smith: STAR WARS. Lando Calrissian – Rebell des Sonnensystems. Drei Romane in einem Band (23684)

Michael Stackpole: STAR WARS. X-Wing – Angriff auf Coruscant (24929) • Michael Stackpole: STAR WARS. X-Wing – Die Mission der Rebellen (24766) • Michael Stackpole: STAR WARS. X-Wing – Die teuflische Falle (24801) • Michael Stackpole: STAR WARS. X-Wing – Bacta-Piraten (24819) • Aaron Allston: STAR WARS. X-Wing – Die Gespensterstaffel (35128) • Aaron Allston: STAR WARS. X-Wing – Operation Eiserne Faust (35142)

Kevin J. Anderson & Rebecca Moesta: STAR WARS. Young Jedi Knights 1: Die Hüter der Macht (24873) • Kevin J. Anderson & Rebecca Moesta: STAR WARS. Young Jedi Knights 2: Akademie der Verdammten (24874) • Kevin J. Anderson & Rebecca Moesta: STAR WARS. Young Jedi Knights 3: Die Verlorenen (24875) • Kevin J. Anderson & Rebecca Moesta: STAR WARS. Young Jedi Knights 4: Lichtschwerter (24876) • Kevin J. Anderson & Rebecca Moesta: STAR WARS. Young Jedi Knights 5: Die Rückkehr des Dunklen Ritters (24877) • Kevin J. Anderson & Rebecca Moesta: STAR WARS. Young Jedi Knights 6: Angriff auf Yavin 4 (24878)

Weitere Bände sind in Vorbereitung.

Young Jedi Knights 6
Angriff auf Yavin 4

Kevin J. Anderson &
Rebecca Moesta

Roman

Deutsch von Michael Iwoleit

BLANVALET

Die Originalausgabe erschien unter dem Titel
Star Wars Young Jedi Knights: Jedi Under Siege
bei Berkley Books, US, Inc.

Umwelthinweis:
Alle bedruckten Materialien dieses Taschenbuches
sind chlorfrei und umweltschonend.
Das Papier enthält Recycling-Anteile.

Blanvalet Taschenbücher erscheinen im Goldmann Verlag,
einem Unternehmen der Verlagsgruppe Bertelsmann GmbH.

Deutsche Taschenbuchausgabe 2/99
© der Originalausgabe 1996 by Lucasfilm Ltd. & ™.
All rights reserved. Used under authorization.
© der deutschsprachigen Übersetzung bei
vgs verlagsgesellschaft, Köln,
Lizenzausgabe mit freundlicher Genehmigung
der Copyright Promotions GmbH, Ismaning
Umschlaggestaltung: Design Team München
Umschlagillustration: © 1996, 1999 by Lucasfilm Ltd. & ™/
vgs/Papen Werbeagentur, Köln
Satz: deutsch-türkischer fotosatz, Berlin
Druck: Elsnerdruck, Berlin
Verlagsnummer: 24878
V. B. • Herstellung: Sabine Schröder
Printed in Germany
ISBN 3-442-24878-7

3 5 7 9 10 8 6 4 2

Für Letha L. Burchard
Förderin, Fan und Freundin, die uns
»damals« schon kannte ...

... und immer noch mit uns spricht.

Danksagung

Unser üblicher Dank geht an Lilli E. Mitchell, deren flinke Finger unsere Diktate zu Papier bringen und deren Interesse an unseren Gestalten und Geschichten dafür sorgt, daß wir bei der Sache bleiben; an Lucy Wilson, Sue Rostoni und Allen Kausch von Lucasfilm für ihre Aufgeschlossenheit und ihre unschätzbar wertvollen Anregungen; an Ginjer Buchanan und die Leute von Berkley/Boulevard für ihre enthusiastische Unterstützung und Ermutigung während der Arbeit an dieser Serie; und an Jonathan MacGregor Gowan, der unser begeistertster Testleser und Ideenlieferant ist.

1

Im ungewissen Licht der heraufziehenden Dämmerung sah Jaina zu, wie ihr Onkel Luke Skywalker die *Shadow Chaser* in den unterhalb des Großen Tempels gelegenen Hangar der Jedi-Akademie manövrierte. Ihr Vater Han Solo und Chewbacca waren nicht einmal lang genug geblieben, um es selbst zu erledigen, nachdem die jungen Jedi-Ritter von der Wookiee-Heimatwelt Kashyyyk zurückgekehrt waren.

Angesichts der Bedrohung durch die Schatten-Akademie hatten sie keine Zeit zu verlieren.

Jaina fand es schwer zu glauben, daß Kashyyyk noch vor zwei Tagen von imperialen Truppen angegriffen worden war, die niemand anderer als ihr einstiger Freund Zekk angeführt hatte, heute ein Dunkler Jedi in Diensten des Zweiten Imperiums. Als sie dem dunkelhaarigen jungen Mann im Unterholz des Waldes gegenübergestanden hatte, hatte er ihr davon abgeraten, nach Yavin 4 zurückzukehren, da die Schatten-Akademie den Dschungelmond bald angreifen werde.

Jaina hatte die Warnung als einen Hinweis darauf verstanden, daß Zekk immer noch etwas für sie und ihren Zwillingsbruder Jacen empfand.

Sie und ihre Freunde befanden sich erst seit wenigen Minuten wieder auf Yavin 4. Keiner von ihnen hatte während des zügigen Hyperraum-Rückflugs viel geschlafen, doch sie standen alle unter Adrenalin. Jaina hatte das Gefühl, sie würde explodieren, wenn sie nicht sofort irgend etwas tun konnte. So viele Vorbereitungen waren zu treffen, so viel zu planen.

Jacen, der neben ihr im Eingang zur Hangarbucht stand, gab

ihr einen Stups. Als sie ihn von der Seite ansah, waren seine cognacfarbenen Augen auf sie gerichtet. »He, nun mach dir mal keine Sorgen«, sagte er. »Onkel Luke weiß schon, was zu tun ist. Er hat schon viele Angriffe des Imperiums miterlebt.«

»Toll, ich fühl mich jetzt schon viel besser«, sagte sie, doch ihr Tonfall bezeugte das Gegenteil.

Wie üblich griff Jacen zu einer bewährten Methode, um ihre Gedanken von der bevorstehenden Schlacht abzulenken. »He, soll ich dir einen Witz erzählen?«

»Ja, Jacen«, sagte Tenel Ka und gesellte sich zu ihnen. »Ich glaube, etwas Humor könnte jetzt nicht schaden.« Das Kriegermädchen von Dathomir glänzte vor Schweiß nach einem zehnminütigen Dauerlauf, den sie unternommen hatte, um »ihre Muskeln etwas zu lockern« – für Tenel Ka immer noch die effektivste Art, innere Anspannungen abzubauen.

»Na gut, Jacen. Schieß los«, sagte Jaina und machte sich auf das Schlimmste gefaßt.

Tenel Ka wischte sich mit ihrem einen Arm die langen, rotgoldenen Haarflechten aus dem Gesicht. Ihr linker war bei einem schrecklichen Unfall beim Lichtschwerttraining abgetrennt worden, und einen synthetischen Ersatz lehnte sie entschieden ab. »Du kannst jetzt deinen Witz erzählen.«

»Gut, wie spät ist es, wenn ein imperialer Läufer auf dein Armband-Chronometer trampelt?« Jacen hob die Augenbrauen und wartete auf eine Antwort. »Zeit, sich ein neues Chronometer zu kaufen.«

Nach einem Herzschlag tödlicher Stille nickte Tenel Ka und sagte mit ernster Stimme: »Danke, Jacen. Dein Witz war ... wirklich sehr passend.«

Das Kriegermädchen zeigte nie ein Lächeln, aber Jaina glaubte, ein Blinzeln in den kühlen grauen Augen ihrer Freundin bemerkt zu haben. Jaina stöhnte immer noch vor gespielter Qual, als Luke und der junge Wookiee Lowbacca aus der *Shadow Chaser* stiegen.

Jaina lief ihnen entgegen, da sie der Ansicht war, daß sie keine Sekunde zu verlieren hatten. Onkel Luke war offensichtlich derselben Meinung – kaum waren Jacen und Tenel Ka ebenfalls herangetrabt, begann der Jedi-Meister ohne Einleitung zu sprechen.

»Es wird das Zweite Imperium einige Zeit kosten, die neuen Computerbauteile zu installieren, die sie für ihre Flotte gestohlen haben«, sagte Luke. »Wir haben vielleicht noch ein paar Tage Zeit, aber darauf will ich's lieber nicht ankommen lassen. Lowie – Tionne und Raynar sind zum Tempel auf dem See aufgebrochen, um dort gemeinsam zu trainieren. Ich möchte, daß du sie mit deinem T-23 zurückholst. Wir müssen jetzt alle zusammenarbeiten.«

Lowie grunzte, zum Zeichen, daß er verstanden hatte, und lief zu dem kleinen Skyhopper, den sein Onkel Chewbacca ihm geschenkt hatte. Von der Schnalle an Lowies Hüfte ertönte die Stimme des miniaturisierten Übersetzerdroiden MTD: »Selbstverständlich, Sir. Es ist Master Lowbacca ein Vergnügen, Ihnen zu Diensten zu sein. Betrachten Sie die Angelegenheit als erledigt.« Indem er den kleinen Droiden mit einem beiläufigen Knurren für seine eigenwillige Übersetzung tadelte, stieg der junge Wookiee in den kleinen T-23 und schloß das Verdeck.

Luke wandte sich dem Kriegermädchen von Dathomir zu. »Tenel Ka, versammle so viele Studenten um dich, wie es geht, und gib ihnen einen Crashkurs im Bodenkampf gegen Terroreinheiten. Ich weiß zwar nicht, welche Strategie die Schatten-Akademie letztlich anwenden wird, aber ich könnte mir niemanden vorstellen, der besser geeignet wäre, ihnen etwas über Einsatztaktiken beizubringen.«

»Ja, sie war toll gegen diese Bartokk-Attentäter auf Hapes«, sagte Jacen.

Es überraschte Jaina, daß Tenel Ka errötete, bevor sie knapp nickte und sich eilig an die Arbeit machte. »Was ist mit Jacen und mir, Onkel Luke?« fragte Jaina und platzte fast von Ungeduld. »Was sollen wir tun? Wir wollen auch helfen.«

»Nun, nachdem der *Millenium-Falke* uns wieder verlassen hat, sollten wir schleunigst die neuen Schildgeneratoren einrichten und in Betrieb nehmen, um uns vor Luftangriffen zu schützen. Kommt mit.«

Der Großteil der Anlagen für den neuen Abwehrschildgenerator der Jedi-Akademie befand sich im Dschungel auf der anderen Seite des Flusses; gesteuert wurden die Schilde allerdings vom Komzentrum aus. Han Solo hatte die Bauteile kürzlich als Notbehelf auf Coruscant gekauft, während die Neue Republik sich darum bemühte, eine dauerhafte Abwehranlage gegen die drohenden Angriffe des Imperiums zu beschaffen.

»He, soll ich Mutter eine Nachricht schicken?« fragte Jacen und setzte sich auf eine der Konsolen.

»Nicht bevor wir mehr wissen«, erwiderte Luke. »Dein Vater und Chewie wollten mit ihr Kontakt aufnehmen und ihr alles erklären, sobald sie unterwegs sind. Leia hat alle Hände voll zu tun, um Truppen aufzustellen, die als dauerhafte Bewachung für die Jedi-Akademie hier stationiert werden sollen. Im Moment müssen *wir selbst* alles unternehmen, was in unserer Macht steht, um uns zu schützen.

In der Zwischenzeit überwachst du alle Kommunikationskanäle, Jacen. Schau mal, ob du irgendwelche Signale auffangen kannst, vor allem solche, die wie imperiale Codes aussehen. Jaina, wir zwei werden versuchen, diese Schildgeneratoren in Gang zu bringen.«

»Schon geschehen, Onkel Luke.« Jaina grinste ihn vom Steuerpult aus an. »Die Schilde sind aufgebaut und stehen unter voller Energie. Ich schätze, ich könnte noch einen gründlichen Bereitschaftstest durchführen, um sicherzugehen, daß es keine Lücken in unserer Verteidigung gibt.«

Jacen setzte einen Kopfhörer auf und begann die verschiedenen Komfrequenzen abzutasten. Er hatte kaum damit begonnen, als es in seinem Ohrhörer laut knackte und eine vertraute Stimme sich meldete.

»... bitte um Landeerlaubnis und den ganzen Kram. *Lightning Rod* Ende.«

»He, Moment!« rief Jacen, einer Panik nahe, ins Mikro. »Das geht nicht so einfach – ich meine, wir müssen erst unsere Schilde herunterfahren. Geben Sie mir eine Minute, Peckhum.«

»Schilde? Welche Schilde?« erwiderte die Stimme des alten Raumfahrers. »Ich und meine alte *Lightning Rod* liefern jetzt schon seit Jahren den Nachschub für Yavin 4. Wir mußten uns noch nie um Schilde Gedanken machen.«

»Wir treffen uns an der Landeplattform, dann erkläre ich Ihnen alles«, sagte Jacen. »Warten Sie noch einen Moment.«

»Brauche ich einen Code, um reinzukommen?« fragte Peckhum. »Niemand hat mir irgendwelche Codes genannt, bevor ich Coruscant verlassen habe. Niemand hat mir etwas von Schilden gesagt.«

Jacen blickte zu Luke auf. »Der alte Peckhum ist dran«, sagte er. »Braucht er einen Code, um reinzukommen?«

Luke schüttelte den Kopf und bedeutete Jaina, die Schilde

11

herunterzufahren. Jaina beugte sich, die Unterlippe zwischen die Zähne geklemmt, über die Steuerkonsole. Nach einer Minute sagte sie: »So, das sollte gehen. Schilde sind wieder eingefahren.«

Aus irgendeinem Grund spürte Jacen, da die Schilde nun wieder deaktiviert waren, ein beunruhigendes kaltes Prickeln im Nacken. »In Ordnung, Peckhum«, sagte er. »Sie haben Landeerlaubnis. Aber beeilen Sie sich, damit wir schnell wieder hochfahren können.«

Als der alte Raumfahrer aus seinem heruntergekommenen Frachtschiff stieg, sah er noch genauso aus, wie Jacen ihn in Erinnerung hatte: blasse Haut, langes, dünnes Haar, eingefallene Wangen und ein zerknitterter Pilotenanzug.

»Kommen Sie, Peckhum«, sagte Jacen. »Ich helfe Ihnen die Lieferung auszuladen. Wir müssen uns beeilen, bevor die Imperialen hier sind.«

»Die Imperialen?« Der Raumfahrer kratzte sich am Kopf. »Habt ihr deshalb die Energieschilde eingeschaltet? Werden wir angegriffen?«

»Machen Sie sich keine Gedanken«, sagte Jacen, der es nicht abwarten konnte, die *Lightning Rod* zu entladen. »Die Schilde sind wieder aufgebaut. Man kann sie bloß nicht sehen.«

Der alte Raumfahrer verdrehte den Hals, um in den neblig weißen Himmel des Dschungelmondes emporzuschauen. »Und der Angriff?«

»Nun, wir haben ein Gerücht gehört – aus einer ziemlich verläßlichen Quelle.« Jacen zögerte. »Von Zekk. Er ist derjenige, der den Überfall auf die Computerfabrik auf Kashyyyk angeführt hat – und er hat Jaina gewarnt, daß die Schatten-Akademie unterwegs ist. Wir gehen jetzt besser rein.«

Der alte Peckhum sah Jacen erschrocken an. Zekk war als Teenager wie ein Sohn für ihn gewesen; sie hatten in den unteren Stadtebenen auf Coruscant zusammen gewohnt ... bis Zekk von der Schatten-Akademie entführt worden war.

Als ein vertrautes kaltes Prickeln Jacens Nacken hinaufkroch, flüsterte Peckhum: »Zu spät.« Er zeigte in den Himmel. »Sie sind schon da.«

2

Vom höchsten Observationsturm der Schatten-Akademie sah Brakiss – Meister der neuen Dunklen Jedi – auf den unauffälligen grünen Fleck des Dschungelplaneten hinab. Der vernichtende Angriff stand kurz bevor, und bald würden Yavin 4 und seine Jedi-Akademie unter der Macht des Zweiten Imperiums zermalmt sein.

So wie es sein sollte.

Durch die gewundenen Korridore der Station hasteten Sturmtruppler, um ihre Kampfstationen zu bemannen; frisch ausgebildete TIE-Piloten führten in ihren Schiffen letzte Checks vor dem Start durch, und die eifrigen Studenten der Dunklen Jedi-Künste machten sich für ihren ersten großen Triumph bereit.

Die ultimative Schlacht sollte an zwei Fronten geführt und gemeinsam von Tamith Kai, der mächtigsten der neuen Schwester der Nacht, und Brakiss' eigenem Zögling, dem dunkelhaarigen Zekk, kommandiert werden, dessen Ehrgeiz, in seinem Leben etwas Bedeutsames zu leisten, es einfach gemacht hatte, ihn zur Dunklen Seite zu bekehren.

Brakiss schloß die Augen und atmete tief die gereinigte Luft ein, die durch die Belüftungsschächte rauschte. Sein silbriger Umhang flatterte.

Selbst hier, in der relativen Zurückgezogenheit des Beobachtungsturms, spürte er die hektische Betriebsamkeit, die die gesamte Besatzung der waffenstarrenden Station erfaßt hatte; die Anspannung wuchs mit jeder Sekunde – und mit ihr die Kampfbereitschaft. Unter all den verschiedenen Gedankenströmen registrierte Brakiss eine unterschwellige Gemeinsamkeit: die bedingungslose Hingabe der Truppen an den großen Führer des Zweiten Imperiums, Imperator Palpatine. Er bemerkte auch eine Nuance von Unsicherheit, was den bevorstehenden Angriff anging, aber darüber schürzte er nur die Lippen. Angst würde das kämpferische Niveau der Besatzung nur heben, sie etwas vorsichtiger machen ... aber nicht so sehr, daß es sie lähmte.

Brakiss sehnte sich danach, Luke Skywalkers Niederlage zu erleben. Vor Jahren hatte er als Student die Jedi-Akademie infiltriert, in der Absicht, sich die Methoden und das Denken der Neuen Republik anzueignen und sein Wissen in die verbliebenen Bastionen des Imperiums zu tragen. Aber Brakiss war es nicht gelungen, den Jedi-Meister zu täuschen. Statt dessen hatte Skywalker versucht, ihn von seiner Bestimmung abzubringen, seine Hingabe an das Zweite Imperium zu untergraben. Skywalker hatte ihn »retten« wollen – bei dem Gedanken umspielte ein spöttisches Lächeln seine Mundwinkel –, und Brakiss war geflohen.

Aber dank seiner Bereitschaft, sich der Dunklen Seite hinzugeben, hatte Brakiss bis dahin schon genug gelernt, um sein eigenes Ausbildungszentrum für Dunkle Jedi aufzubauen.

Und jetzt würde es zu einem spektakulären Showdown kommen.

Neben ihm flimmerte die Luft. Brakiss öffnete die ruhigen, strahlenden Augen und spürte eine Unheil verkündende statische Aufladung, die die Projektion des Imperators umgab. Der mysteriöse große Führer des Zweiten Imperiums schwebte in holographischer Gestalt vor ihm, ein kapuzenbedeckter Kopf, so groß wie Brakiss, ein drohend aufragendes, verknittertes, umschattetes Gesicht mit stechenden gelben Augen.

»Ich will bald wieder meine Herrschaft antreten, Brakiss«, sagte der Imperator.

»Und ich will Euch dazu verhelfen, mein Meister«, antwortete Brakiss und senkte den Kopf.

Begleitet von vier seiner kräftigsten roten Imperiumswachen, war der Imperator vor kurzem persönlich in einem gepanzerten Spezialshuttle in der Schatten-Akademie eingetroffen. Während die furchteinflößenden, scharlachrot gewandeten Wachmänner alle neugierigen Blicke fernhielten, blieb der Imperator in einer hermetisch abgeriegelten Isolationskammer verborgen. Palpatine hatte nie persönlich mit einem seiner loyalen Untergebenen an der Schatten-Akademie gesprochen, noch sich je mit Brakiss von Angesicht zu Angesicht unterhalten. Der Imperator war stets nur in Form holographischer Projektionen in Erscheinung getreten.

»Wir sind bereit zum Angriff, mein Imperator«, sagte Brakiss. Er blickte zu dem abstoßenden Gesicht auf. »Meine Dunklen Jedi werden für Euch den Sieg erringen.«

»Gut – denn ich habe nicht die Absicht, noch länger zu warten«, erwiderte das Bild des Imperators. »Der größte Teil meiner neu aufgebauten Flotte ist noch nicht eingetroffen, aber sie werden alle binnen der nächsten Stunden hier sein. Meine imperialen Kriegsschiffe werden zur Zeit mit den Computersystemen ausgestattet, die wir von Kashyyyk gestohlen haben. Wie mir meine Wachleute berichten, sind die meisten Schiffe inzwischen kampfbereit, und der Rest wird in Kürze fertig sein.«

Brakiss verbeugte sich erneut und legte die Hände zusammen. »Ich verstehe, mein Lord. Aber ich schlage vor, daß wir unsere militärischen Streitkräfte für unseren nächsten großen Angriff auf eine der besser bewachten Welten der Rebellenallianz zurückhalten. Auf Yavin 4 müssen wir nur mit ein paar schwächlichen Jedi-Weltverbesserern fertig werden. Sie dürften meinen im Umgang mit der Macht geschulten Soldaten keine Probleme bereiten.« Brakiss sah den Führer an.

Der Imperator machte ein skeptisches Gesicht. »Seid Euch Eurer Sache nicht zu sicher.«

Brakiss fuhr mit noch leidenschaftlicherer Stimme fort, legte all seinen Enthusiasmus hinein und hoffte seinen großen Führer damit zu überzeugen. »Mit diesem wichtigen Schlag gegen die Jedi-Akademie wird aus dem Zweiten Imperium mehr als eine undisziplinierte Bande von Piraten, die Ausrüstungen erbeuten. Wir sind bereit, die *ganze Galaxie* zu übernehmen, mein Lord. Diese Schlacht muß eine Schlacht der Weltanschauungen, der Willenskraft sein. Es geht hier um die Ideale des Imperiums gegen die Ideale der Rebellen – und daher sollte es ein Kampf zwischen meinen und Skywalkers Rekruten sein, Jedi gegen Jedi. Ein Schattenspiel, wenn Ihr so wollt – die Dunkelheit gegen das Licht. Wir werden nicht darauf verzichten, sie mit Luftangriffen unserer TIE-Jäger zu zermürben, aber der Hauptkonflikt muß sich im persönlichen Gegenüber abspielen – wie es sein sollte! Wir können sie ein für alle Mal vernichten, nicht bloß ihren Widerstand brechen.«

Brakiss lächelte und sah dem Imperator in die gelb glühenden Augen. »Und wenn wir ihnen mit der Macht der Dunklen Seite eine vernichtende Niederlage beibringen, wird der Rest der Rebellen sich in alle Himmelsrichtungen verstreuen und untertauchen und vor seinen eigenen Alpträumen zittern, während wir wieder in Besitz nehmen, was rechtmäßig uns gehört.«

Das holographische Gesicht des Imperators tat etwas erschreckend Ungewohntes. Die ausgetrockneten, runzligen Lippen verzogen sich zu einem zufriedenen *Lächeln.*

»Sehr gut. Es soll geschehen, wie Ihr es wünscht, Brakiss – Jedi gegen Jedi. Ihr könnt den Angriff starten, wenn Ihr bereit seid.«

3

Die Schatten-Akademie fuhr ihre Tarnvorrichtung herunter und löste ihren unsichtbaren Schild auf. Als die stachelbewehrte Station über Yavin 4 erschien, glitten zwei speziell ausgestattete TIE-Jäger aus ihrer Startbucht. Lautlos tauchten sie Seite an Seite in die neblige Atmosphäre.

Die Jäger waren mit einer Tarnpanzerung versehen, die ihre Sensorsignaturen verwischen sollte, und der Ausstoß ihrer leistungsstarken Zwillingsionentriebwerke war gedämpft worden. Sie hatten die Aufgabe, im Verborgenen zu operieren, nicht Macht zu demonstrieren.

Commander Orvak schob sich in die führende Position, während der zweite TIE-Jäger, den sein Untergebener Dareb flog, ihn flankierte. Gemeinsam jagten sie um den kleinen Mond und drangen immer tiefer in die Atmosphäre ein, umflogen einmal auf einem Spiralkurs den Äquator, bis sie emeut die Koordinaten der alten Tempelruinen erreichten, in denen Skywalker seine Jedi-Akademie eingerichtet hatte.

Orvak umklammerte den Steuerknüppel mit einer schwarz behandschuhten Hand. Er spürte das leise Wummern der Turbinen, als ritte er auf einem ungezähmten Lasttier. Er steuerte den Jäger mit angespannter Konzentration, tanzte durch die Luftströmungen, wurde durchgerüttelt von thermischen Aufwinden, die vom Dschungel unter ihnen emporstiegen.

»Halt ihn auf Kurs«, brummte er zu sich. Dieser Einsatz erforderte höchste Präzision und sein ganzes fliegerisches Können. Während ihrer Reise zum Yavin-System hatte Orvak gemeinsam mit einem Trupp von TIE-Rekruten, die aus den Reihen junger Sturmtruppler stammten, in Simulationen immer wieder den Angriff geprobt. Doch dies war die Wirklichkeit. Und der Imperator zählte auf ihn.

Massassi-Bäume bildeten unter ihm einen chaotischen grünen Teppich. Knorrige Äste ragten wie Monsterklauen aus dem dichten Baldachin. Orvak glitt darüber hinweg und sah, wie hinter ihm die Tiere vor den heißen Triebwerkstrahlen aus den Baumwipfeln flohen.

Sein Begleiter Dareb meldete sich über einen auf Sichtkontakt begrenzten Kanal. Die codierten Worte des anderen Piloten wurden von einem speziellen Decodiersystem in Orvaks Cockpit entschlüsselt. »Nahbereichssensoren haben die Energieschutzhülle ausgemacht«, sagte Dareb. »Die Schildgeneratoren befinden sich genau dort, wo wir sie nach den Angaben unserer Kontaktleute erwartet haben.«

»Ziel bestätigt«, antwortete Orvak ins Helmmikrophon. »Lord Brakiss, der es einige Zeit hier aushalten mußte, weiß selbst einiges über den Grundriß der Jedi-Akademie – das heißt, wenn die Rebellen nicht umgebaut haben.«

»Warum sollten sie?« fragte Dareb. »Sie sind viel zu selbstsicher und wir werden ihnen ihre Idiotie vor Augen führen.«

»Führe mir bloß nicht *deine* Idiotie vor Augen«, brummte Orvak. »Genug geschwätzt. Ziel anfliegen!«

Die unsichtbaren Schilde wölbten sich wie ein Schutzschirm über einen Teil des Dschungels, wo ein Fluß sich zwischen den Bäumen dahinwand und majestätisch eine uralte Steinpyramide aufragte. Orvak hoffte, daß am Ende dieses Tages Skywalkers Großer Tempel dem Erdboden gleichgemacht wäre.

Aber bevor die Schatten-Akademie den eigentlichen Angriff starten konnte, mußten Orvak und Dareb ihre vorbereitende Mission abschließen: den Schildgenerator lahmlegen und die Türen für einen verheerenden Angriff weit öffnen.

Orvak überprüfte die Sensoren. Über Infrarot und andere Bereiche des elektromagnetischen Spektrums sah er die tödlichen Ausschläge der Energiekuppel, die die Jedi-Akademie schützte. Wegen der hohen Massassi-Bäume reichte der Schild jedoch nicht ganz bis zum Boden, sondern endete etwa fünf Meter über den Baumkronen. Fünf Meter – eine schmale Lücke zwischen dem Laub und der knisternden Energie, doch für einen geschickten Piloten kein unüberwindliches Hindernis. Hier und dort ragten ein paar angesengte oder verkohlte Zweige empor, die die Energiekuppel berührt hatten.

»Es wird ganz schön eng«, sagte Orvak. »Bist du bereit?«

»Ich habe das Gefühl, als könnte ich die ganze Rebellenallianz allein erledigen«, erwiderte Dareb.

Orvak gefiel diese übertriebene Selbstsicherheit nicht. »Bleib dran«, sagte er.

Er riß den TIE-Jäger herunter und schoß knapp über die Baumkronen hinweg. Blätter rauschten unter ihm, Zweige kratzten und peitschen gegen die Flügel seines Schiffs. Die Luft schien sich vor dem Jäger zu kräuseln, ein schwacher Hinweis auf das Energiefeld, und er hoffte, daß die Sensorendaten stimmten.

»Bleib auf Zielkurs«, sagte er. »Wenn wir unter den Schilden hinweg sind, fängt die Arbeit erst an.«

In dem Moment, als sie unter der unsichtbaren Grenze hindurchflogen, scherte Dareb zur Seite aus, um einem moosbedeckten Zweig auszuweichen, der sich einen Meter über das Blätterdach krümmte. Der junge Pilot reagierte übertrieben und streifte mit einer Ecke des rechteckigen Flügels einen anderen Ast, der ihn ins Taumeln brachte.

»Ich kann ihn nicht halten!« schrie er ins Komsystem. »Er geht mir durch!«

Darebs TIE-Jäger rotierte dem tödlichen Energiefeld entgegen und explodierte, als er gegen die desintegrierende Wand prallte. Ganz auf seine Mission konzentriert, jagte Orvak weiter und sah in den Rückmonitoren die brennenden Wrackteile vom Himmel regnen.

Er biß die Zähne aufeinander und atmete durch die in seinen Helm integrierte Sauerstoffmaske tief durch. »Wir sind alle ersetzbar«, sagte Orvak, als versuche er, sich selbst davon zu überzeugen. »Ersetzbar. Die Mission ist das einzig Wichtige. Dareb war meine Rückendeckung. Also liegt jetzt alles bei mir. Nur bei mir.« Er schluckte schwer, weil er wußte, daß die Rebellen nun auf seine verdeckte Mission aufmerksam geworden sein mußten.

Ohne auch nur eine Sekunde zu zögern, hielt Orvak auf die isolierte Schildgeneratorstation zu. Die Maschinerie sah wie eine halb im Unterholz des Dschungels verborgene Ansammlung hoher Scheiben aus, umgeben von einem freigeschlagenen Wartungsbereich, der seinem kleinen imperialen Jäger genug Platz zum Landen ließ. In der Ferne erhob sich die große Pyramide, in der Skywalkers Jedi-Akademie untergebracht war, über die Baumkronen.

Er schaltete die schallgedämpften Zwillingstriebwerke aus, öffnete die Cockpitluke und schwang sich hinaus. Aus einem Stauraum hinter dem Pilotensitz zog er einen Rucksack, der den gesamten Sprengstoff enthielt, den er für seine tagesfüllende Arbeit brauchte ...

Orvak stapfte über den schlammigen, überwucherten Boden. Ringsum brodelte hektisch und bedrohlich der Dschungel. Über sich konnte er das Knistern und Summen des Energieschildes hören, der seinen Partner vernichtet hatte.

Verglichen mit der sauberen, sterilen Schatten-Akademie fand er Yavin 4 auf abstoßende Weise lebendig. Es wimmelte hier von Ungeziefer, wild wuchernden Pflanzen, kleinen Nagetieren, Insekten und seltsamen bissigen Geschöpfen, die überall umherhuschten und sich in Schlupfwinkel verkrochen.

Er sehnte sich nach den akkuraten und makellosen Korridoren der Schatten-Akademie, durch die laut und klar seine Stiefeltritte auf den kalten, harten Metallplatten hallten, wo er die gereinigte Luft aus den Ventilatoren riechen konnte, wo alles reglementiert und an seinem richtigen Platz war ... so, wie das Imperium nach dem Sieg über die Rebellen wieder an seinem rechtmäßigen Platz wäre. Orvak war froh, daß er einen Helm und feste Lederhandschuhe trug, die ihn vor einer Heimsuchung durch die parasitären Geschöpfe dieser unzivilisierten Welt schützten.

Mit dem Rucksack, der seine Sprengausrüstung enthielt, sprintete er vom TIE-Jäger auf die summende Schildgeneratorstation zu. Machtvoll und unbewacht ragte sie über ihm auf. Dem Untergang geweiht.

Obwohl die Schildgeneratoren sichtlich neu waren, wucherten bereits Kriech- und Kletterpflanzen und Farne dicht an die Wärme abgebende Anlage heran. Orvak konnte abgehackte Aststümpfe und gebrochene Zweige erkennen, wo jemand das Blätterwerk weggehauen hatte, um den Zugang freizuhalten. Der unaufhaltsame Dschungel war jedoch weiter vorgerückt. Orvak schüttelte den Kopf über die Dummheit dieser Rebellen.

Als er die pulsierende Station erreichte, ging Orvak in die Hocke und spähte von einer Seite zur anderen, da er jeden Moment damit rechnete, daß in Alarmbereitschaft versetzte Rebellen auftauchten. Schließlich öffnete er seinen Rucksack und holte zwei seiner sechs hochenergetischen Thermosprengsätze hervor, passend geformte Ladungen, die er an den Energiezellen des Generators anbringen wollte. Diese beiden Sprengsätze würden ausreichen, um die Schilde der Jedi-Akademie zum Zusammenbruch zu bringen.

Das übrige Sprengmaterial würde er für den zweiten Teil seiner Mission aufheben.

Orvak synchronisierte die Zeitzünder. Dann nahm er seinen rekalibrierten Kompaß in die Hand und warf einen Blick auf die vorprogrammierten Koordinaten, bevor er sich geduckt einen Weg durchs Unterholz zu seinem nächsten Ziel bahnte, von dem ihn nur ein Stück des Dschungels und ein Fluß trennten.

Der Große Tempel.

Er machte eine kurze Pause und dunkelte seine Schutzbrille ab, während die Zeitzünder Null erreichten – und die Sprengladungen explodierten.

Der Lärm war ohrenbetäubend, und eine Feuersäule stieg in

den Himmel, die die umstehenden Massassi-Bäume versengte. Orvak gratulierte sich selbst zu der vorzüglichen Explosion. Ein tolles Spektakel.

Aber die nächste sollte noch besser werden.

4

Während Raynar und Tionne sich im Fond zusammendrängten, steuerte Lowie den T-23-Skyhopper in vollem Tempo auf die Jedi-Akademie zu. Als sie über die Baumwipfel hinwegschossen, erläuterte Lowie die Lage, so gut er konnte, und MTD übersetzte.

»... und das ist der Grund, warum Master Skywalker so dringend darum gebeten hat, daß Master Lowbacca Sie zurückbringt«, schloß der kleine Droid.

»So, so«, sagte Raynar mit säuerlicher Stimme. »Ihr meint wohl, man wird euch noch einmal als Helden verehren, weil ihr zurückgekommen seid, um die Jedi-Akademie zu retten. Ich bin mir sicher, *ich* wäre ganz gut ohne eure Hilfe ausgekommen. Während ihr euch amüsiert habt, habe ich mit Tionne hier trainiert.«

Lowie merkte dem Tonfall des blonden Jungen an, daß er nicht allzu erfreut darüber war, ohne großes Aufheben in einen Rücksitz gequetscht zu werden und sich den strahlend bunten Umhang zu zerknittern. Raynars Eltern waren einst untergeordnete Mitglieder des Königshauses von Alderaan gewesen, bevor dieser Planet vom Todesstern vernichtet worden war, und seither waren sie zu reichen Kaufleuten aufgestiegen. Er war nicht daran gewöhnt, sich *hinter* jemanden zu setzen.

»Nein, Raynar«, tadelte Tionne. Die silberhaarige Jedi-Lehrerin blinzelte mit ihren fremdartigen, perlmuttfarbenen Augen. »Niemand schlägt sich besonders gut allein gegen einen Feind, und wir müssen alle zusammenarbeiten, um gewappnet zu sein. Ohne gute Vorbereitung ist es aussichtslos, in eine Schlacht zu gehen.«

Raynar rümpfte die Nase und versuchte seinen Umhang glattzustreichen. »Eine Schlacht? Wir wissen nicht einmal, ob es wirklich zu einer Schlacht kommt. Warum sollten wir einem kleinen Verräter glauben, der der Dunklen Seite verfallen ist? Er könnte gelogen haben, nur um uns in Trab zu bringen. Wahrscheinlich lacht er gerade über uns.«

Lowies Knurren klang voluminöser als die Turbinen der T-23. »Master Lowbacca möchte darauf hinweisen«, sagte MTD, »daß Zekk viele Jahre ein enger Freund von Master Jacen und Mistress Jaina gewesen ist.«

Raynar schürzte die Lippen. »Dann sollten Jacen und Jaina Solo sich ihre Freunde künftig sorgfältiger aussuchen.«

»Manchmal«, sagte Tionne mit fester Stimme, »ist die Kluft zwischen Freund und Feind nicht so tief, wie man meint. Hilfe kommt oft aus einer unerwarteten Richtung.«

Lowie wußte nicht genau warum, aber irgendein Instinkt im Hinterkopf riet ihm, noch weiter zu beschleunigen. Der kleine Skyhopper bebte und verlor an Höhe, als er die Turbinen bis an ihre Grenzen belastete – und darüber hinaus. Er flog zwischen den Bäumen an, unter der tödlichen Kuppel aus Energieschilden hinweg, die die Jedi-Akademie gegen Angriffe aus der Luft schützte.

»He, paß auf den großen Ast auf!« schrie Raynar, als Lowie zur Seite ausscherte. »Spar dir deine Heldentaten, bis die Schatten-Akademie auftaucht – das heißt, *falls* sie auftaucht.«

Lowie nahm erfreut zur Kenntnis, daß Tionne im Gegensatz zu

Raynar nicht bloß ruhig blieb, sondern sogar zu schätzen wußte, wie Lowie den kleinen T-23 steuerte.

Lowie blickte in den Himmel empor und begriff, warum er das plötzliche Bedürfnis empfunden hatte zu beschleunigen. Er bellte scharf auf und zeigte auf den seltsam zackigen Ring, der durch den Dunst der Atmosphäre kaum als Silhouette auszumachen war. »Master Lowbacca sagt – ach, du liebe Güte! –, daß die Schatten-Akademie allem Anschein nach bereits eingetroffen ist.«

Raynar verstummte und war plötzlich nicht mehr der Ansicht, daß es etwas an Lowies Flugstil zu kritisieren gab. Es dauerte nicht lang, bis ein schneidend scharfes Geräusch durch die Stille peitschte, gefolgt von mehreren Explosionen. Lowies Sensoren zufolge war gerade der flackernde Energieschild über ihren Köpfen ausgefallen. Knurrend setzte er die anderen davon in Kenntnis.

Ohne auf MTDs Übersetzung zu warten, sagte Tionne: »Wir können immer noch zur Jedi-Akademie zurückkehren, aber wir sollten den T-23 am Rande des Dschungels zurücklassen. Ich habe das Gefühl, daß es gefährlich wäre, sich dem Landefeld oder der Hangarbucht des Tempels zu nähern. Er wird sicher angegriffen.« Sie nahm zwischen den beiden jungen Jedi-Schülern eine aufrechte Sitzhaltung ein. »Der Kampf hat schon begonnen.«

Der Große Tempel der Massassi stand seit Tausenden von Jahren nahezu unverändert da. Die Steinblöcke in den Mauern und Böden waren noch so solide wie an dem Tag, als man sie zusammengefügt hatte. Dennoch spürte Jaina im Kontrollzentrum der Jedi-Akademie, wie der Boden vibrierte. Warnlichter blitzten über die Konsole des Schildgenerators.

»Da stimmt etwas nicht, Onkel Luke«, sagte Jaina. »Draußen im Dschungel ist etwas explodiert … oh, nein! Unsere Abwehrschilde sind zusammengebrochen!«

Luke stand hinter dem Stuhl, in dem Jacen vor der Kommunikationskonsole saß. Er nickte Jaina grimmig zu. »Kannst du die Schilde von hier aus wieder hochfahren?«

Sie legte hektisch Schalter um und überprüfte die Leitungen beim Versuch, die Schilde wieder aufzubauen. Sie überflog mit Blicken die Anzeigen und Diagnosemonitore, drückte fortwährend Knöpfe. »Sieht schlecht aus«, erwiderte sie. »Die Energie ist weg. Offenbar ist der Generator komplett ausgefallen.«

Ihr Bruder Jacen atmete laut aus und stieß sich von der Komkonsole weg. »Das gefällt mir ganz und gar nicht«, sagte er und fuhr sich mit den Fingern durch die zerzausten braunen Locken. »Ich tippe auf Sabotage.«

Luke sah erst Jaina, dann Jacen in die Augen und faßte einen Entschluß. »Ich werde in fünf Minuten eine Versammlung einberufen. Wir werden möglicherweise den Großen Tempel räumen und uns im Dschungel verstecken müssen, wo wir den Angriff abwehren können. Schicke deiner Mutter eine Nachricht, daß wir gerade in diesem Augenblick angegriffen werden und umgehend die angekündigte Verstärkung brauchen. Danach treffen wir uns im großen Vorlesungssaal.«

Jacen war der Panik nahe, als er zu seiner Schwester hinüberschaute. »Meine Tiere …«, sagte er. »Ich kann sie doch nicht einfach in ihren Käfigen zurücklassen, wenn die Jedi-Akademie angegriffen wird. Sie haben eine größere Chance zu überleben, wenn sie frei sind. Und wenn Onkel Luke alle Studenten evakuieren will …«

»Na, dann geh schon«, sagte Jaina und machte eine ungeduldige Handbewegung. »Kümmere dich um deine Tiere. Ich werde Mutter verständigen.«

Jacen lief schon zur Tür, als er seiner Schwester über die Schulter noch ein »Danke« zurief.

Jaina ließ sich in den Stuhl vor der Komkonsole fallen, wählte eine Übertragungsfrequenz und versuchte eine Verbindung mit Coruscant herzustellen. Sie erhielt keine Antwort, nur totes statisches Rauschen. Mit einem angewiderten Seufzen über das unberechenbare Verhalten der veralteten Geräte versuchte sie es auf einer anderen Frequenz.

Immer noch nichts. Seltsam, dachte sie. Vielleicht funktionierte der Hauptkomschirm nicht. Sie setzte sich den Kopfhörer auf und wechselte nochmals die Frequenz.

Rauschen. Sie schaltete wieder um. Stärkeres Rauschen, als habe irgend etwas ihr verzweifeltes Signal geschluckt. Bald steigerte sich das Prasseln und Zischen zu einem derart grellen Geheul, daß ihr die Zähne klapperten. Jaina riß sich den Kopfhörer von den Ohren und warf ihn zitternd zu Boden.

»Da ist ein Störsender am Werk!«

Jaina überprüfte die Anzeigen der Komkonsole, um sich zu vergewissern. Ihre Langstreckenübertragungen wurden von der Schatten-Akademie blockiert.

Luke mußte sofort davon erfahren.

In seinem Quartier im Alten Tempel öffnete Jacen die Riegel und zog die Türen aller Käfige auf, in denen seine Menagerie ungewöhnlicher Haustiere untergebracht war. Er sah sofort, daß Tionne sie während seiner Reise nach Kashyyyk gut gefüttert hatte. Die fast unsichtbare Kristallschlange mit ihren schillernden Schuppen glitzerte vor schlapper Zufriedenheit, aber die Familie pupurroter Springspinnen in dem Käfig daneben hüpfte vor Erregung auf und ab.

»Es ist alles in Ordnung«, beruhigte Jacen sie mit Gedankenkraft. »Ganz ruhig. Es wird euch nichts geschehen, wenn ihr in den Dschungel flieht. Ihr müßt nur in den Dschungel.«

Ein Käfig klapperte von zwei unruhigen Stintarils, baumbewohnenden Nagetieren mit hervorspringenden Augen und langen, mit scharfen Zähnen gespickten Kiefern. In einem Terrarium lugten winzige Schwimmkrabben aus ihren Schlammnestern. Rosige Schleimsalamander glitten aus ihrer Wasserschale und nahmen nach und nach deutlichere Form an. Blau irisierende Piranhakäfer schwärmten gegen die harten Gitterstäbe ihres Käfigs, an denen sie ungeduldig herumnagten, um endlich freizukommen.

Jacen nahm die Tiere eines nach dem anderen aus ihren Behausungen, trug sie so vorsichtig zum Fenster, wie er konnte, und versetzte ihnen einen sanften aber energischen Stups. Jacen hatte gerade den letzten seiner exotischen Mitbewohner in die Freiheit entlassen – seinen Liebling, eine Stumpf-Eidechse –, als er das laute Brüllen eines Wookiees hörte, gefolgt von MTDs Stimme.

»Oh, den Sternen sei Dank, wir sind doch nicht allein im Tempel.«

Jacen fuhr herum und stand unversehens Lowie, MTD, Tionne und Raynar gegenüber, die gerade zur Tür hereinkamen.

»Sind die anderen ohne uns geflohen?« fragte Raynar mit einem Ausdruck verzweifelter Sorge im Gesicht.

»Alle sind im großen Vorlesungssaal«, erklärte Jacen. »Wir müssen auch so schnell wie möglich hin. Master Skywalker gibt seine letzten Anweisungen, bevor die Schlacht beginnt.«

Als die Gruppe aus dem Turbolift in den großen Vorlesungssaal trat, sprach Jaina gerade in gedämpftem Ton mit

Luke und Tenel Ka, während die anderen Studenten in erschrockenem Schweigen dasaßen.

Ein Ausdruck der Erleichterung huschte über Lukes Gesicht, als er sah, daß Lowie erfolgreich von seiner Mission zurückgekehrt war. Tionne streckte Luke eine Hand entgegen und er drückte sie kurz.

»Ich bin froh, daß euch nichts passiert ist«, sagte Luke.

»Was hat Mutter gesagt?« fragte Jacen seine Schwester.

Jaina biß sich auf die Unterlippe und Tenel Ka antwortete an ihrer Stelle. »Die Schatten-Akademie stört unseren Funkverkehr. Wir können keine Notsignale senden.«

Jacen spürte, wie ihm das Blut aus dem Gesicht wich. Wie lang würde es dann dauern, bis die Verstärkung eintraf, wenn sie kein Notsignal senden konnten?

Luke wandte sich mit lauter Stimme an die versammelten Jedi-Studenten. »Wir können leider nicht mit Hilfe von außen rechnen. Wir müssen diese Schlacht selbst ausfechten. Ich glaube, der Große Tempel wird das erste Angriffsziel sein. Tenel Ka hat euch bereits eine kurze Einweisung in Bodentaktik gegeben, daher werden wir diese Schlacht in den Dschungel verlagern – ein uns vertrautes Territorium, das für die Truppen der Schatten-Akademie jedoch Neuland ist. Wir werden Mann gegen Mann kämpfen.

Aber dafür müssen wir die Jedi-Akademie sofort evakuieren.«

5

In der überfüllten Hangarbucht der Schatten-Akademie beobachtete Zekk die letzten Vorbereitungen für den Angriff. Die Erregung der geschäftigen Truppen, gemischt mit ihrer brütenden Wut und ihrer Lust zur Zerstörung, belebte ihn. Er hatte das Gefühl, als seien die Fäden der Macht, die ihn umgaben, in Brand gesetzt worden.

Das Zentrum der Aktivität war eine riesige schwebende Gefechtsplattform, die die Hangarbucht dominierte. Eigens für diesen wichtigsten Angriff auf die Rebellenallianz konstruiert, strotzte die bewegliche taktische Plattform nur so vor Waffen. Sturmtruppler wuselten über ihre gepanzerte Oberfläche und machten sich für den Start bereit. Von Tamith Kai kommandiert, sollte die Plattform der Ausgangspunkt für den Bodenkampf Jedi gegen Jedi sein.

Die finstere Schwester der Nacht stand an der Steuereinheit der Plattform und dürstete nach Rache. Ihr langer schwarzer Umhang umzuckte sie mit einem zischelnden Geräusch wie von Giftschlangen, die gerade zustoßen wollten. Stacheln von den Schalen mörderischer Rieseninsekten ragten aus ihren Schultern. Ihr pechschwarzes Haar kräuselte sich um ihren Kopf wie ein ebenholzfarbenes Drahtgeflecht. Jede einzelne Strähne schien lebendig zu sein, knisterte und wand sich vor dunkler Energie. Tamith Kais violette Augen glühten, als sie den Sturmtrupplern befahl, die Gefechtsplattform zu besteigen, und dabei ihre innere Kraft sammelte. Ihr onyxfarbener Schuppenpanzer schmiegte sich an ihren muskulösen, wohlgeformten Körper. Ihr Auftreten bekundete Macht und Selbstsicherheit – und den Willen zur Zerstörung.

Zekk ging seinen eigenen Pflichten nach. Er war selbst schon das Ziel von Tamith Kais Argwohn gewesen. Die Schwester der Nacht vertraute ihm nicht. Sie war der Meinung, daß seine Hingabe für die Dunkle Seite nicht aufrichtig genug sei, daß seine frühere Freundschaft mit den Jedi-Zwillingen Jacen und Jaina ihn blind machte.

Zekk war als Lord Brakiss' Vorzeigestudent ausgebildet worden und hatte Vilas, den persönlichen Protegé der Schwester der Nacht, in einem Duell auf Leben und Tod geschlagen. Mit seinem Sieg in diesem Zweikampf hatte Zekk den Titel des Dunkelsten Ritters erworben. Und Tamith Kai – vielleicht, weil sie einfach eine schlechte Verliererin war, oder vielleicht auch, weil sie seine flüchtigen Zweifel spürte – ließ ihn so gut wie nie aus den Augen.

Aber immerhin hatte Brakiss *ihm* das Kommando über die neuen, im Umgang mit der Macht geschulten Rekruten der Schatten-Akademie verliehen, die seine Vorhut beim Kampf um die Galaxie sein sollten. Er, Zekk, war dazu ausersehen, die Streitmacht Dunkler Jedi anzuführen, die wie der Tod vom Himmel fallen sollte, um Master Skywalkers Rekruten zu vernichten.

Zekk holte tief Luft und roch den metallischen Beigeschmack in der kalten Luft. Er hörte Kühlmittel rauschen, Turbinen aufheulen, die Panzer von Sturmtrupplern klappern, bestätigende Signale, als die Systeme freigegeben wurden. Sie waren nun startbereit.

Zekk wandte sich seiner Gruppe von Kriegern zu, die über die Macht geboten. Er trug seinen karmesinrot gesäumten Umhang und seinen Lederpanzer; sein Lichtschwert hing griffbereit an seiner Seite. Er hatte sein langes dunkles Haar zu einem engen Pferdeschwanz zusammengebunden, und seine smaragdgrünen Augen funkelten, als er den Blick über seine Untergebenen wandern ließ.

»Spürt, wie die Macht euch durchdringt«, sagte er den anderen Rekruten. Sie standen mit entschlossenen Mienen, wachsamen Augen und kampflüstern vor ihm. Sie hatten für diesen Einsatz trainiert. Er deutete auf die wartende Plattform, und die Dunklen Jedi bestiegen mit geschmeidigen Bewegungen das gepanzerte Gefährt. »Beeilt euch! Wir müssen gegen die Jedi-Akademie zuschlagen, solang das Überraschungsmoment noch auf unserer Seite ist.«

Der TIE-Pilotenhelm paßte perfekt auf seinen grauhaarigen Kopf. Zusammen mit der Atemmaske, der Schutzbrille, dem schwarzen Fliegeranzug, den gepolsterten Handschuhen und den schweren Stiefeln schien die Uniform Qorl in eine Zeit zurückzuversetzen, als er noch viel jünger gewesen war ... und ein Pilot für das Erste Imperium.

Vor vielen Jahren war er mit seinem Geschwader TIE-Jäger vom ersten Todesstern aus einen Angriff gegen die mit dem Mut der Verzweiflung kämpfende X-Flügler-Flotte der Rebellen geflogen. Er war im Gefecht abgeschossen worden und zu einer Bruchlandung in der Wildnis von Yavin 4 hinabgetaumelt. Qorl hatte den Absturz überlebt, doch als er kurz darauf zum Himmel aufblickte, war er zu seinem grenzenlosen Entsetzen Zeuge geworden, wie der unbesiegbare Todesstern detonierte und ihn allein auf diesem jämmerlichen kleinen Mond zurückließ.

Nachdem seine Verletzungen ausgeheilt waren, hatte Qorl über zwanzig Jahre wie ein Einsiedler gelebt, bis ihn eines Tages vier junge Jedi-Rekruten aufstöberten ... das erste einer Kette von Ereignissen, die ihn ins Zweite Imperium zurückgeführt hatten.

Und nun war Qorl wieder Pilot eines TIE-Jägers und startete von einer anderen Kampfstation – wieder fest entschlossen, die Rebellen niederzuschlagen. Doch diesmal, daran hatte er keinen Zweifel, würde es anders ausgehen. Diesmal würde das Imperium keine Fehler machen.

Qorl stand vor seinem Geschwader aus zwölf TIE-Jägern, die dicht gedrängt an einer Seite der Landebucht auf ihren Einsatz warteten. Die wendigen Kampfjäger sollten starten, sobald die Gefechtsplattform ihren Abstieg begann. Er wandte sich seiner Truppe zu, durchweg unerfahrene Piloten, die aus den Reihen der ehrgeizigsten neuen Sturmtruppler-Rekruten stammten. Keiner von ihnen hatte jemals an einem Kampfeinsatz teilgenommen. Sie hatten nur geübt, eine Simulation nach der anderen durchgeführt – aber er wußte, daß sie darauf brannten, sich in einem echten Kampf zu bewähren. Die Piloten standen neben ihren Schiffen, ausstaffiert mit identischen schwarzen Kampfanzügen und Helmen.

Einer der neuen Piloten zappelte in offenkundigem Eifer herum, sah zu seinem TIE-Jäger hinüber, betrachtete die Lasergeschütztürme und konnte es kaum erwarten, endlich zum Einsatz zu kommen. Schließlich trat er vor. Der Kampfflieger nahm seinen Helm ab und hielt ihn sich vor die Brust. Noch bevor er das breite Gesicht des jungen Mannes sah, wußte Qorl, daß es sich um den breitschultrigen Norys handelte, dem früheren Anführer der Bande, die sich »die Verlorenen« genannt hatte.

»Entschuldigen Sie, Sir – ich habe einen Vorschlag zu machen«, sagte Norys. »Angesichts meiner Leistungen während der Simulationen und weil ich mehr getroffen habe als jeder andere hier, glaube ich, steht es mir zu, dieses Geschwader anzuführen.«

Qorl unterdrückte seine Wut. »Ich ... ich verstehe deine Gründe, Norys. Du hast während deiner gleichzeitigen Ausbildung zum TIE-Jäger und zum Sturmtruppler Hervorragendes geleistet. Du bist lernwillig und anscheinend bereit, dem Zweiten Imperium zu dienen. Trotzdem muß ich deinen Vorschlag für dieses Mal ablehnen.«

»Mit welcher Begründung?«

Qorl entschied, dem herausfordernden Unterton in der Stimme des jungen Mannes mit einer klaren und direkten Antwort entgegenzutreten. »Mit der Begründung, daß Brakiss mich zum Kommandanten dieser Mission bestimmt hat. Wenn du es allerdings vorziehst, dich Befehlen zu widersetzen ...« Er zuckte die Achseln und ließ die Andeutung zwischen ihnen in der Luft hängen.

Der Junge war so großmäulig und oft so aufsässig, daß Qorl ihn mit Sicherheit zurückgelassen hätte, hätte er nicht ein bemerkenswertes Talent im Umgang mit Waffen und in den Kampfkünsten bewiesen. In dieser Mission stand zu viel auf dem Spiel, als daß er einem übereifrigen Teenager erlauben konnte, alles zu verderben.

Norys wurde rot. »Ich glaube, Sie haben Angst, Qorl. Sie sind alt und haben seit Jahren keine Mission mehr geflogen. Sie führen dieses Geschwader nur, damit wir im Notfall Ihr Versagen vertuschen können.«

»Das reicht«, sagte Qorl in einem Ton, der, obwohl ruhig, so befehlsmäßig klang, daß die Luft vor Spannung knisterte. »Ich lasse dir die Wahl: Noch ein Wort und ich schließe dich von dieser Mission aus, oder du hältst den Mund und kämpfst für deinen Imperator.« In diesem Moment war es Qorl gleichgültig, wofür sich der gallige junge Mann entscheiden würde. Er würde sich gern mit einem kleineren Geschwader zufriedengeben, wenn das die einzige Möglichkeit war, um sicherzustellen, daß seine Piloten die Disziplin wahrten.

Es kostete Norys, der innerlich kochte, alle Mühe, den Mund zu halten, und schließlich stülpte er sich mit einem kräftigen Ruck den schwarzen Helm wieder über den Kopf.

Qorl redete weiter, mehr um die allgemeine Aufmerksamkeit von diesem Wutausbruch abzulenken denn aus anderen Gründen. »Wir haben alle Signale von der Jedi-Akademie mit Störsendern gedämpft. Sie sind außerstande, Verstärkung anzufordern. Da sich keine Schlachtschiffe im Orbit befinden, haben diese dämlichen Jedi-Ritter wohl angenommen, daß ihre eigenen Kräfte und ihre jämmerlichen Energieschilde ausreichen, um uns abzuschrecken.

Unseren Überwachungssystemen zufolge ist es unserem ersten imperialen Einsatzkommando bereits gelungen, ihre Schilde lahmzulegen. Die Jedi-Akademie ist jedem Angriff schutzlos ausgeliefert.

Wenn Tamith Kai ihre Gefechtsplattform zum militärischen Schlag führt, wird Lord Zekk mit seinen Dunklen Jedi-Rekruten zum direkten Kampf gegen die Jedi-Ritter aufbrechen. Unser Geschwader wird Zermürbungsangriffe aus der Luft fliegen. Obwohl wir die Aufgabe haben, beträchtlichen Schaden anzurichten, ist unsere Mission eine *unterstützende*. Wir kommen nicht an vorderster Front zum Einsatz. Ist soweit alles klar?«

Die Piloten bestätigten mit einem Murmeln, daß sie verstanden hatten. Qorl konnte nicht ausmachen, ob Norys' Stimme darunter war.

»Sehr gut. Dann ab in unsere Schiffe«, sagte er.

Seine Piloten kletterten in ihre Cockpits und Qorl zwängte sich hinter die Kontrollen des vordersten TIE-Jägers. Er atmete durch die Filtermaske tief durch und genoß den herrlichen und vertrauten chemischen Geruch, der aus den Treibstofftanks in die Pilotenkanzel drang.

Er lächelte. Es tat so gut, wieder fliegen zu können.

Vom Leitstand der taktischen Gefechtsplattform aus rief Tamith Kai: »Bringen wir es hinter uns. Noch vor Ablauf des Tages werden wir siegreich zurückkehren!«

Die großen Hangartore öffneten sich und gaben den Blick frei auf die Schwärze des Weltraums und den smaragdgrünen Mond, hinter dem der orangerote Hexenkessel des Gasriesen Yavin aufragte. Der Mond wirkte unscheinbar vor dem Panorama des Universums – und doch war er das erklärte Angriffsziel der Schatten-Akademie und sollte Schauplatz einer wilden Schlacht und eines grandiosen Triumphes des Imperiums werden.

Tamith Kai ließ die Gefechtsplattform auf ihren Repulsorfeldern aufsteigen und sich von der Schatten-Akademie lösen. Das Schlachtschiff sah aus wie ein großes, abgeflachtes Segelboot mit abgerundeten Ecken, war zwei Decks hoch und verfügte zudem über ein oberes Kommandodeck, das sich öffnen würde, sobald sie die Atmosphäre erreicht hatten. Bewaffnete Sturmtruppler und Bodeneinsatztruppen füllten das erste Deck aus, während Zekk und seine Dunklen Jedi ihre Positionen in der unteren Bucht nah der Falltüren einnahmen.

Die Gefechtsplattform sank durch den Raum auf den dünnen Atmosphäreschleier zu, der den grünen Mond umgab. Während die Minuten verstrichen, ging Zekk auf und ab, schaute durch die Sichtluken und sah die Ringstation über ihnen schrumpfen, während die Gefechtsplattform mit zunehmender Geschwindigkeit auf Yavin 4 zustürzte.

»Alles bereit zum Absprung?« fragte er und rückte die Riemen über seiner Brust und seiner Schulter zurecht. Darüber trug er immer noch seinen schwarzen Umhang, dessen scharlachrotes Innenfutter blitzte, wenn er sich bewegte. Sein Trupp Dunkler Jedi überprüfte die Waffen, ein Sortiment identischer Lichtschwerter, die an Bord der Schatten-Akademie hergestellt worden waren. Die Teammitglieder richteten ihre Repulsorpacks, die sie auf den Schultern trugen. Einer nach dem anderen erklärten sie sich für einsatzbereit.

Die Schwärze des Weltraums wurde von weißen Schleiern durchzogen, als die Gefechtsplattform kopfüber in die Atmosphäre tauchte. Zekk spürte eine dumpfe Vibration, als Winde die Panzerplatten erschütterten.

Die Außenhülle erhitzte sich und Zekk konnte die ionisierte Stoßwelle durch die Luft kreischen hören, aber Tamith Kai steuerte die Gefechtsplattform fachmännisch und ohne zu zögern direkt auf ihr Ziel zu.

Über Kom meldete sich die tiefe, harte Stimme der Schwester der Nacht. »Wir nähern uns der Absprunghöhe. Zekk, bereite deine Dunklen Jedi auf den Ausstieg vor. Die Falltüren werden in einer Standardminute geöffnet.«

Zekk klatschte in die behandschuhten Hände und befahl den Dunklen Jedi, sich in Reihen aufzustellen. »Die Repulsorpacks werden euch tragen«, sagte er, »aber gebraucht die Macht, um euren Abstieg zu steuern. Wir müssen direkt zuschlagen. Luke Skywalkers Jedi-Ritter sind unsere Todfeinde. Die Zukunft der Galaxie hängt von unserem heutigen Sieg ab.«

Zekk warf jedem der Rekruten einen durchdringenden Blick zu und versuchte, etwas von seiner Entschlossenheit auf sie zu übertragen. Sie waren heldenhafte Krieger, bereit, sich von nichts und niemandem aufhalten zu lassen.

Doch Zekk war noch nicht mit seinem eigenen inneren Aufruhr fertig geworden. In seinem Herzen wußte er, daß Tamith Kais Zweifel an seiner Loyalität eine reale Grundlage hatten – er empfand tatsächlich eine sehnsüchtige Freundschaft für seine einst so vertraute Gefährtin Jaina Solo und ihren Bruder Jacen.

Tief in den Wäldern von Kashyyyk hatte er Jaina gewarnt, sich von der Jedi-Akademie zu entfernen. Er wollte nicht, daß sie die heutige Schlacht miterleben mußte. Er wollte nicht, daß sie ein Opfer wurde.

Aber er wußte mit ebensolcher Bestimmtheit, daß die Jaina Solo, die er kannte und um die er sich sorgte, niemals fortbleiben würde, um ihr eigenes Leben zu retten, wenn das ihrer Freunde auf dem Spiel stand. Ihm mißfiel der Gedanke, daß sie dort unten auf ihn warten und gegen ihn kämpfen könnte.

Zekk war dankbar dafür, daß seine Gedanken vom Scheppern des Bodens und vom Knirschen der Falltüren gestört wurden. Ein heller Spalt öffnete sich zu ihren Füßen wie ein dünnes, zahnloses Lächeln und klaffte dann auf. Die Baumwipfel des Dschungels kamen unter ihnen in Sicht, durchsetzt von den aufragenden Steintürmen der alten Massassi-Tempel.

»Also gut, meine Dunklen Jedi«, schrie Zekk gegen das Heulen des Windes. »Die Stunde ist gekommen. Absprung!« Er ließ sich als erster in den Himmel fallen, aktivierte sein Repulsorpack und taumelte auf die ungeschützte Jedi-Akademie zu.

Hinter ihm fielen die anderen Dunklen Jedi einer nach dem anderen aus der Gefechtsplattform und stürzten herab wie Raubvögel.

Im Flug zündete Zekk das Lichtschwert und hielt es vor sich hin wie ein Signalfeuer. Er blickte hinauf und sah, wie die anderen Angreifer ebenfalls ihre glühenden Waffen ausstreckten, während der Wind an ihren Umhängen zerrte.

Dunkle Jedi regneten aus dem Himmel.

6

Das Kreischen der doppelten Ionentriebwerke zerriß die relative Stille im großen Vorlesungssaal. Tenel Kas Reflexe übernahmen die Kontrolle, noch bevor sie die Quelle des Lärms erkannte, und schon im nächsten Augenblick rannte sie, Jaina, Jacen und Lowbacca an ihrer Seite, in geduckter Haltung zum nächsten Fensterschlitz. Durch den Spalt in der Steinmauer sah Tenel Ka TIE-Jäger im Tiefflug heranrasen – direkt auf die Jedi-Akademie zu.

»Master Skywalker, wir werden angegriffen«, rief Tenel Ka.

Luke Skywalker hob die Stimme, damit jeder im Saal ihn hören konnte. »Alle bleiben im Dschungel, bis die Schlacht vorüber ist. Kämpft mit all euren Kräften und Fähigkeiten. Erinnert euch an euer Training ... und möge die Macht mit euch sein.«

Eine Reihe hohl donnernder Explosionen durchlöcherte sein Kommando. Ein lautes Krachen hallte durch den Saal, als eine Protonenbombe das unterste Geschoß traf und einen Krater in den Dschungelboden vor der Pyramide riß.

Von dort, wo sie stand, beobachtete Tenel Ka die anderen Jedi-Rekruten und kam zu dem Schluß, daß ihre Reaktionen auf Master Skywalkers Befehle lobenswert waren. Einige Studenten keuchten überrascht auf und Tenel Ka konnte widersprüchliche Emotionen spüren – nervöse Vorerwartung, Heimweh, Vertrauen in die Macht, Angst angesichts der Möglichkeit, getötet zu werden. Aber sie bemerkte keine Spur von Verwirrung, Panik oder Ablehnung.

Ohne auf weitere Anweisungen zu warten, strömten die Studenten aus dem großen Vorlesungssaal. Luke Skywalker hastete zum Fenster, an dem Tenel Kas Gruppe stand, und bedeutete Peckhum, sich ihnen anzuschließen. Der alte Raumfahrer duckte sich, als Schutt von der Decke auf ihn herabrieselte, den die Erschütterungen gelockert hatten.

Der Jedi-Meister gab sofort neue Instruktionen, und Tenel Ka staunte, wie ruhig er inmitten dieses Aufruhrs zu sein schien. »Jacen, bring die *Shadow Chaser* in den Orbit. Versuche mal, ob du dem Störsender ausweichen und deiner Mutter eine Nachricht schicken kannst, daß wir angegriffen werden. R2-D2 wartet unten in der Hangarbucht mit dem Schiff. Er wird dir als Kopilot dienen.«

Jaina, die selbst gern flog, wollte schon protestieren, als Luke sich ihr zuwandte. »Dich brauche ich hier. Du mußt auf die andere Flußseite rüber und die Schildgeneratoranlage überprüfen. Schau nach, ob es irgendeine Möglichkeit gibt, unsere Abwehrschilde wieder hochzufahren. Lowie, du und Tenel Ka ...« Der Komsender an Lukes Gürtel unterbrach ihn und signalisierte eine dringende Nachricht.

Eine weitere Explosion erschütterte den großen Tempel, diesmal näher als die anderen. Als Luke seinen Komsender einschaltete, war R2-D2s aufgeregtes Pfeifen und Piepsen zu hören.

»Was ist los, R2? Beruhige dich«, sagte Luke.

»Wenn Sie erlauben, Master Skywalker«, sagte MTD. »Ich konnte die Nachricht Ihres Astromechdroiden verarbeiten und würde gern für Sie übersetzen. Ich beherrsche über sechs Kommunikations ...«

»Danke, MTD«, unterbrach Luke Skywalker das Geplapper des kleinen Droiden, »das wäre sehr hilfreich.«

»R2-D2 berichtet, daß – ach, du liebe Güte! –, daß die Vorderseite der Hangarbucht getroffen worden ist. Der Eingang ist verschüttet. Niemand kann rein oder raus. Die *Shadow Chaser* ist lahmgelegt.«

»He, Peckhum«, sagte Jacen nach kurzem Nachdenken. »Was ist mit der *Lightning Rod*? Die ist einsatzbereit.«

Tenel Ka runzelte unwillkürlich die Stirn bei dem Gedanken, daß Jacen sich in dem schrottreifen alten Frachtshuttle einem Angriff des Imperiums stellen könnte.

»Die *Lightning Rod* verfügt nicht über die Quantenpanzerung der *Shadow Chaser*«, bemerkte Luke.

»Zu gefährlich«, sagte Jaina.

»Hört mal, wir schweben hier alle in Gefahr«, sagte Jacen mit ruhiger, fester Stimme. »Und wir müssen eine Nachricht rausschicken.«

»Sicher, das könnten wir tun«, sagte der alte Peckhum. »Ich habe im Laufe der Zeit einige ganz nette Ausweichmanöver gelernt – genug, um es bis in den Orbit zu schaffen, ohne in die Luft gejagt zu werden, schätze ich.«

In diesem Moment gab Lowbacca einen Warnschrei von sich und deutete auf den Fensterschlitz. In der Ferne schwebte über dem Dschungel ein seltsames Gebilde, eine riesige, waffengespickte taktische Plattform, die wie ein tödliches Floß feindliche Truppen herantrug.

Tenel traf das vertraute Gefühl wie ein Schlag. »Tamith Kai ist da; ich kann sie spüren«, sagte sie.

»Sieht so aus, als ob sie von da oben die Invasionseinheiten kommandiert«, bemerkte Luke.

»Dann müssen wir die Gefechtsplattform außer Gefecht setzen«, erwiderte Tenel Ka sofort. »Ich melde mich freiwillig. Die Schwester der Nacht gehört mir.«

Lowbacca bellte einen Kommentar. »Master Lowbacca möchte darauf hinweisen, daß sein T-23 auf dem Landefeld noch immer in Reichweite ist. Mit dem Skyhopper könnten er und Mistress Tenel Ka diese Plattform mit Leichtigkeit binnen Minuten erreichen.«

Luke nickte. »Jetzt hat jeder von uns seine Mission zu erledigen. Ich werde noch einmal die Pyramide durchsuchen, um sicherzugehen, daß wir niemanden zurückgelassen haben. Ich sehe euch alle am vereinbarten Treffpunkt im Dschungel.«

Als die jungen Jedi-Ritter die Treppen im Innern des Tempels hinabliefen, war Tenel Ka in Gedanken schon bei der Konfrontation, die ihr bevorstand. Adrenalin wurde durch ihren Körper gepumpt, und ihr Geist war hellwach. Sie war für den Kampf geboren und ausgebildet worden.

Obwohl der Kampf mit nur einem Arm sie vor neue Herausforderungen stellte, hatte sie weder Angst noch war sie übertrieben selbstsicher. Sie war einfach *bereit*. Ein Jedi mußte immer bereit sein, das wußte sie. Master Skywalker und Tionne hatten sie alle vorzüglich ausgebildet. Tenel Ka hatte ihr Lichtschwert und beherrschte den Umgang mit der Macht. Zusammengenommen, daran hatte sie keinen Zweifel, genügte ihr das, um jeden Feind zu besiegen.

Als sie das Landefeld erreichten, hatte Jaina sich bereits vom Rest der Gruppe gelöst und rannte auf den Fluß und die Schildgeneratorstation zu. Tenel Ka stellte zu ihrer Überraschung fest, daß der alte Pilot Peckhum mit ihnen Schritt gehalten hatte, als er und Jacen auf das verbeulte Frachtshuttle zuhasteten.

Indem sie den Energiestrahlen der TIE-Jäger auswichen, die

über sie hinwegschossen, kletterten Tenel Ka und Lowbacca in den T-23-Skyhopper, während Peckhum und Jacen die *Lightning Rod* bestiegen.

Als sie Jacen die Einstiegsrampe der *Lightning Rod* hinauflaufen sah, spürte Tenel Ka einen seltsamen Stich, den sie nicht erklären konnte, nicht einmal sich selbst. Fast im selben Moment tauchte Jacen wieder auf und sah Tenel Ka mit ernster Miene an. Sein Gesicht verzog sich zu einem Grinsen. »Ich erzähle dir einen Witz, wenn wir zurück sind – diesmal einen guten.« Dann war er wieder verschwunden.

Während Lowie die Repulsortriebwerke des T-23 hochfuhr, antwortete Tenel Ka, auch wenn sie wußte, daß er sie nicht hören konnte. »Ja, mein Freund Jacen, ich würde deinen Witz gerne hören. Wenn wir alle wieder zurück sind.«

7

Die Turbinen der *Lightning Rod* wimmerten, als das Schiff sich gegen die Gravitation aufbäumte. Kurz nach dem Start wurde das schrottreife Gefährt heftig durchgerüttelt. In Jacens Kopf heulten Alarmsirenen. »Sie haben uns getroffen!« schrie er, ohne auch nur einen Blick auf die Anzeigen zu werfen.

»Quatsch«, erwiderte der alte Peckhum. »*Die Lightning Rod* hat das schon immer so gemacht. Ich habe gerade den Energietransfer auf die hinteren Repulsoraggregate umgeschaltet. Ich schätze, ich werde die nächsten Tage noch mal einen Blick drauf werfen müssen.«

Die Panik in Jacens Magen löste sich ein wenig – aber nur ein wenig. »Vielleicht kann Jaina Ihnen später dabei helfen«, sagte er.

Ein Energiestrahl blitzte auf, als ein TIE-Jäger an ihnen vorbei auf die Jedi-Akademie zustürzte. »He, das war aber knapp!« rief Jacen.

»Zu knapp«, stimmte Peckhum zu. »Festhalten, junger Solo – ich werd ein paar Ausweichmanöver versuchen.«

Lowie richtete seine volle Aufmerksamkeit darauf, den T-23 in Deckung zu halten. Aus den Augenwinkeln bekam er mit, wie andere Jedi-Studenten vor dem Feuer der TIE-Jäger geduckt in den Schutz der Bäume flüchteten. Als sie den Waldrand erreichten, riß der junge Wookiee seinen Skyhopper steil hoch.

Das dichte Netzwerk der belaubten Zweige hatte für Lowie immer Schutz bedeutet, und er sehnte sich nach ein paar friedlichen Augenblicken in den Baumwipfeln. Aber da oben wartete kein Frieden auf Lowie und Tenel Ka. Diesmal nicht.

Lowie umklammerte fest den Steuerknüppel, während er im Zickzack über die Baumwipfel jagte und jeden Verfolger abzuschütteln versuchte, der ihm auf den Fersen sein mochte. Heute regnete der Ärger von oben auf sie herab, und er konnte in keine sicheren Höhen fliehen. Er hatte die besten Chancen, wenn er sich dicht über den Baumwipfeln hielt.

Ein Energiestrahl schoß am T-23 vorbei und wirbelte hinter ihnen Erde und versengtes Gras auf. »Laß dich von der Macht leiten, Lowbacca, mein Freund«, sagte Tenel Ka vom Passagiersitz im Fond.

Lowie brummte etwas, das wie eine Zustimmung klang, und atmete tief durch, um sich zu beruhigen. Er flog weiter und spürte, wie ihn die Macht durchströmte und sein Schwenken und Ausweichen steuerte. Sie flogen auf den breiten, grünlichbraunen Fluß zu, über dem Tenel Ka und Lowbacca die finstere Gefechtsplattform der Schwester der Nacht gesehen hatten. Selbst aus einem halben Kilometer Entfernung konnten sie Lanzen von Laserfeuer aus dem gepanzerten Gefährt schießen und die Bäume am Ufer einäschern sehen.

Plötzlich schrie Tenel Ka überrascht auf. »Schau mal. Da vorn!«

Aus dem Himmel stürzte eine Gruppe von Gestalten wie Raubvögel auf Beutezug herab – menschliche Gestalten. Dunkle Jedi fielen in einer weit verteilten Angriffsformation aus den Wolken, und Lichtschwerter blitzten, während sie mit Repulsorpacks die Richtung ihres Sturzes steuerten.

Ein Alarmsignal aus nächster Nähe tönte in dem Moment, als Lowbaccas Aufmerksamkeit abgelenkt war, und ein Schuß aus der Laserkanone eines vorbeifliegenden TIE-Jägers traf sie. Eine Wolke von Funken und Rauch stob aus den hinteren Turbinen des T-23. Der winzige Skyhopper tanzte und bäumte sich in der Luft auf. Mit dem Kreischen von Metall, das aus seiner Verankerung gerissen wird, gab eines der Steuerruder nach.

»Oh, nein«, wimmerte MTD. »Ich kann das nicht mit ansehen.«

Lowie, der nun ganz und gar seinen Jedi-Instinkten folgte, hantierte angestrengt mit den Bedienungselementen. Geleitet von der Macht, flog eine seiner scharfklauigen Pranken über das Steuerpult, während die andere ihren Sturz lenkte. Rauch drang ins Cockpit und der Skyhopper bockte und ruckelte. Ohne recht zu wissen, wie er das anstellte, schaltete Lowie die hinteren Turbinen aus und nutzte den Schwung der Maschine zu einem steilen Anstieg. Dann ließ er das Schiff wieder auf die Baumwipfel zufallen und versuchte mit der letzten Energie aus den Repulsortriebwerken ihren Sturz abzubremsen – genug, hoffte er.

Der T-23-Skyhopper durchschlug vehement das Blätterdach des Dschungels.

Mit jedem Atemzug verstärkte sich das Brennen in Tenel Kas Lungen. Neben ihr stöhnte ein Wookiee, aber sie konnte den gebrummten Worten keinen Sinn abgewinnen.

»Mistress Tenel Ka!« Eine grelle elektronische Stimme drang in ihr benebeltes Bewußtsein. »Master Lowbacca bittet Sie dringend um Hilfe, um das Verdeck des T-23 abzunehmen.«

Tenel Ka versuchte sich umzusehen. Sie sah nur unstete, verschwommene Schemen aus Licht und Schatten. Die veränderlichen Muster brannten ihr in den Augen und sie preßte fest die Lider aufeinander.

Ein Schrei, der laut genug war, um einen Jedi-Meister aus einer Heiltrance zu wecken, dröhnte Tenel Ka in den Ohren. »Oh, was bin ich doch für ein lahmes Elektronenhirn. Es ist zu spät. Sie ist tot!«

Lowbacca bellte ein lautes Nein. Im selben Moment streckte jemand die Hand aus und verpaßte ihr einen Knuff.

»Nein«, brachte Tenel Ka hervor. »Ich lebe noch.«

Lowbacca gab ein paar scharfe Bellaute von sich, und Tenel Ka reagierte zu ihrer eigenen Überraschung auf seine Anweisungen, noch bevor MTD sie übersetzen konnte. »Master Lowbacca bittet Sie, sich mit aller Kraft gegen das Verdeck zu stemmen und gleichzeitig Ihr Gewicht auf die Backbordseite zu verlagern.«

Tenel Ka hatte verstanden. Sie drückte gegen das Dach und ließ sich zur Seite sacken. Ungeachtet der dichten Rauchwolken, die aus den brennenden Turbinen drangen, wurde sie ruhig genug, um sich von der Macht durchströmen zu lassen.

Trotz ihrer geschlossenen Augenlider wußte Tenel Ka, daß MTD die hellgelben Strahlen seiner optischen Sensoren eingeschaltet hatte, um den Rauch zu durchdringen. »Es sieht ganz so aus«, fuhr der kleine Droid fort, »als ob das Verdeck des T-23 von einem Ast eingeklemmt ist. Oh, wir sind verloren!«

Doch der kleine Droid hatte sein Lamento kaum beendet, als das Verdeck das Skyhoppers nachgab und frische Luft ins Cockpit strömte. Tenel Ka und Lowbacca befreiten sich von ihren Sicherheitsgurten und kletterten aus dem Wrack. Während sie von dem rauchenden Schiff wegrannten, um Atem rangen und darauf warteten, daß sie wieder klar sehen konnten, tastete Tenel Kas Hand unwillkürlich nach ihrem Lichtschwert, um sicherzugehen, daß es immer noch fest an ihrer Hüfte befestigt war. Zum Glück hatte sie es nicht verloren.

»Ach, du liebe Güte«, klagte MTD mit dünner Stimme. »Jetzt werden wir uns höchstwahrscheinlich im Dschungel verlaufen und von den Woolamandern gefangen. Seien Sie vorsichtig, Master Lowbacca. Es würde mir nicht gefallen, diese schreckliche Erfahrung noch einmal zu machen.«

Während er neben Tenel Ka auf einem Ast balancierte, blickte Lowbacca auf den abgestürzten T-23 zurück und gab einen tiefen, klagenden Laut von sich. Tenel Ka sah ihm an, daß sein Schmerz nicht von dem Gedanken an die Dschungeltiere herrührte, sondern vom Verlust seines geliebten Schiffs. Das Kriegermädchen wußte, was ein Verlust bedeutete. Sie streckte ihre einzige Hand aus, um Lowbaccas Arm kurz und fest zu drücken und ihm durch die Stärke der Macht Trost zu spenden. Dann drehten sich beide wie auf ein Zeichen um und sahen ihrem Ziel entgegen: der riesigen Gefechtsplattform – und der finsteren Schwester der Nacht.

Zu Tenel Kas Erstaunen und Erleichterung hatte es Lowbacca geschafft, kaum zweihundert Meter von der Stelle not-
zulanden, wo die Gefechtsplattform über den Kronen der Massassi-Bäume schwebte. Doch bevor sie etwas sagen konnte,
gab ihr Wookiee-Freund ein tiefes, warnendes Bellen von sich
und zeigte nach unten, wo sie Deckung finden würden.

Tenel Ka verstand sofort und kletterte hinab in die schüt-
zenden Blätter und Zweige. Wenn sie und Lowbacca die Gefechtsplattform sehen konnten, dann konnte man sie von dort
vielleicht auch sehen. Sie mußten sich unter den wogenden
Blättern vortasten, so wie Taucher unter der Oberfläche eines
Ozeans.

Mit nur einem Arm, um ihr Gleichgewicht zu halten und
sich hochziehen zu können, mußte sich Tenel Ka auf die
Macht verlassen, um sicher einen Fuß vor den anderen zu setzen. Sogar Lowbaccas Hilfe nahm sie dankbar an, wenn er ihr
beim Überqueren dünner Äste oder breiter Lücken im Geäst
einen Arm hinhielt.

Tenel Ka wußte nicht recht, warum sie unbedingt reden
wollte. Vielleicht lag es an der Traurigkeit, die ihr Wookiee-
Freund ausstrahlte. »Wir werden viele schöne Tage damit verbringen, deinen T-23 zu reparieren, mein Freund Lowbacca –
du, Jacen, Jaina und ich. Wenn diese Schlacht vorüber ist.«

Der Wookiee hielt inne und sah sie für einen Moment seltsam an, dann schnaubte er vor Lachen. Nach einigem Gebell
sagte MTD: »Master Lowbacca möchte hinzufügen, daß Master Jacen wahrscheinlich sehr erfreut darüber sein wird,
wenn er einem aufmerksamen Publikum dabei seine Witze erzählen kann.«

Tenel Ka spürte, wie sich bei dem Gedanken ihre Laune besserte, und sie kamen schneller voran. Ihre Gedanken konzen-

trierten sich auf das Ziel, das Zweite Imperium ein für alle
Male zu besiegen.

Plötzlich registrierte sie ein Kribbeln in ihrem Rücken.
»Halt!« sagte sie. Ein TIE-Jäger schoß in geringer Höhe über
die Zweige hinweg und wirbelte mit seinen heißen Turbinen-
gasen das Blätterdach auf, während er über dem abgestürzten
Skyhopper kreiste. Lowbacca knurrte und Tenel Ka faßte ihn
am Arm, um ihn von einer unüberlegten Reaktion abzuhalten.
Das imperiale Schiff drehte eine weitere Runde über dem
Wrack, als suche es nach Überlebenden. Tenel Ka hoffte, daß
der Pilot das ohnehin schrottreife Schiff nicht zu einem
schwelenden Haufen Schutt und Schlacke zusammen-
schießen würde. Nach einem Moment der Anspannung
rauschte das feindliche Schiff auf der Suche nach neuer Beute
davon.

Tenel Ka und Lowbacca kämpften sich durchs Geäst auf die
wartende Gefechtsplattform zu.

Es schien kaum eine Minute vergangen zu sein, als MTD
plötzlich sagte: »Wenn meine Sensoren durch den Aufprall
nicht völlig dekalibriert worden sind, müßten wir uns jetzt direkt unter dem vorderen Rand der Gefechtsplattform befinden.«

Lowbacca gab Tenel Ka ein Zeichen, daß sie warten sollte,
während er einige Äste höher kletterte, um ihre Position zu
überprüfen. Auf sein tiefes, triumphierendes Bellen hin stieg
sie ihm nach und streckte den Kopf über das Blätterdach. Nur
zehn Meter über den Baumkronen schwebte, massiv und bedrohlich, für den Angriff gepanzert und gespickt mit Waffen,
die Unterseite der riesigen Gefechtsplattform.

»Es dürfte nicht allzu schwer sein, sie zu zerstören«, sagte
Tenel Ka.

Lautstarke Befehle und das Stapfen von schweren Stiefeln drangen zu ihnen durch. Lowbacca zeigte nach oben und zuckte dann die Achseln, als wollte er fragen: »Was nun?« Die Plattform schwebte zu hoch über den Bäumen, um sie mit einem Sprung zu erreichen, und sie hatten keine eigenen Repulsorpacks. Tenel Ka griff nach dem Enterhaken und der Faserschnur, die sie am Gürtel trug.

»Wir werden hochklettern müssen«, sagte sie.

Bis zur Plattform war eine größere Höhe zu überwinden, als Tenel Ka von ihren Übungswürfen gewohnt war, aber schon beim zweiten Versuch fand der Enterhaken an der gepanzerten Kante festen Halt. Er rührte sich kein bißchen. Schließlich schlang sich Tenel Ka die Schnur um Arm und Beine und begann hinaufzuklettern. Wenn ihr einziger Arm abzurutschen drohte, nahm sie die Macht zu Hilfe, um nicht den Halt zu verlieren.

Oben auf der Plattform warteten imperiale Sturmtruppler, schweres Geschütz und eine Schwester der Nacht von Dathomir.

Tenel Ka schluckte schwer. Sie wußte, daß ihre Chancen, auch wenn die Macht auf ihrer Seite war, nicht besonders gut standen.

8

Der grünbraune Fluß, der träge durch den Urwald dahinströmte, war breit und mächtig und wirkte äußerlich völlig ruhig. Der titanische Kampf zwischen Gut und Böse, der sich auf Yavin 4 abspielte, hatte ihn nicht im mindesten aufgewühlt.

Der Fluß beherbergte unzählige Lebensformen: unsichtbares Plankton und räuberische Protozoen, Bäume, die scharfkantige Wurzeln in die Strömung streckten, und getarnte Raubtiere, die harmlose Bestandteile der Landschaft zu sein vorgaben.

Doch als Blastergeschosse aufblitzten und das Summen von Lichtschwertern durch den Dschungel brummte, bewegten sich andere Geschöpfe durchs dichte Geäst über dem Fluß und durchs Wasser ... Geschöpfe, die im Umgang mit der Macht geübt waren.

Rundliche Reptilienschnauzen brachen durch die Wasseroberfläche des trüben Flusses. Atemschlitze richteten sich auf und Nüstern flatterten, um frischen Sauerstoff einzuatmen. Die drei geschuppten Kreaturen glitten so geschmeidig durchs Wasser, daß nur die leisesten Wellen plätscherten. An einer Stelle unweit des Pfades, der am Ufer entlang verlief, vergruben sie sich tief in den Schlamm und warteten darauf, die Witterung aufzunehmen.

Ihre Feinde würden schon bald da sein.

So verstohlen sie auch voranschlichen, strahlten die drei Dunklen Jedi-Rekruten aus der Schatten-Akademie doch eine ungeheure Unbesorgtheit aus, als sie sich durchs Unterholz kämpften und die dicht wuchernden Äste und Kletterpflanzen mit ihren Lichtschwertern weghackten. Sie erreichten das Flußufer und machten eine Pause, um sich zu beraten, noch immer auf der Suche nach ihren Gegnern.

»Skywalkers Jedi-Rekruten sind Feiglinge«, sagte einer. »Warum kommen sie nicht raus und kämpfen? Sie verstecken sich alle im Dschungel wie erschrockene Nagetiere.«

»Warum sollten sie auch nicht Angst vor uns haben?« erwiderte ein anderer. »Sie kennen die Macht der Dunklen Seite.«

Nachdem sie sich lautlos in einer Sprache beraten hatten,

die nur aus einer Kette kleiner Luftblasen bestand, sprangen drei von Luke Skywalkers reptilienhaften Cha'a-Rekruten aus dem Fluß und spien einen Wasserstrahl auf ihre Feinde. Sie benutzten die Macht, um aus dem Flußwasser einen Rammbock aus Flüssigkeit zu formen, eine tosende Wassersäule, die sich wie eine Schlange aufrichtete, bevor sie niederklatschte. Die Lichtschwerter der Dunklen Jedi knisterten und dampften. Die drei Cha'a zischten und schnatterten vor Lachen, während sie immer mehr Wasser heraufbeförderten.

Die triefnassen Dunklen Jedi spuckten und schlugen um sich, während sie versuchten, sich mit den Kräften der Dunklen Seite ihrer reptilienhaften Gegner zu erwehren.

Genau in diesem Moment verließen im dichten Blätterdach über ihnen drei gefiederte Flugwesen ihren Beobachtungsposten und schossen herab. Sie gaben das hohe, flötenartige Pfeifen ihres Kampfgeschreis von sich.

Die Dunklen Jedi waren für einen Augenblick abgelenkt, zwischen den beiden Feinden hin- und hergerissen. Dann landeten die Flugwesen auf ihnen, warfen sie zu Boden und hackten sie bewußtlos. Die Flugwesen tschirpten und kreischten triumphierend, während die Cha'a sich triefend aus dem Schlamm schleppten und auf die drei neuen Gefangenen zustapften.

Skywalkers Alien-Rekruten halfen einander dabei, peitschenartige Ranken aus dem Unterholz zu zupfen, mit denen sie ihren Gefangenen Arme und Beine fesselten. Einer der Cha'a sammelte die Lichtschwerter ein, die die Rekruten der Schatten-Akademie fallen gelassen hatten, und studierte deren armselige Konstruktion und einfallslose Fertigung. Nacheinander warf er die mangelhaften Waffen in den Fluß. Sie platschten aufs Wasser und versanken spurlos.

In der Zwischenzeit hatten sich die Flugwesen über die Gefangenen gebeugt und setzten nun ihre Jedi-Kräfte ein, um Brakiss' Studenten in den Geist zu dringen. Mit Hilfe der Macht gaben sie ihnen intensive Suggestionen ein, die dafür sorgen würden, daß sie noch eine ganze Zeit schliefen ...

Tionne warf ihr langes silberweißes Haar über die Schulter, damit es ihr nicht ins Gesicht fiel. Nichts durfte ihre klare Sicht beeinträchtigen.

Sie sah die anderen Jedi-Studenten mit ihren glänzenden perlmuttfarbenen Augen an. Master Skywalker vertraute ihr regelmäßig die Betreuung dieser Studenten an, und nun stand Tionne vor einem Kampfeinsatz. Die Akademie auf Yavin 4 war schon oft ein Angriffsziel der bösen Mächte gewesen – aber bisher hatten die wahren Jedi-Ritter immer gewonnen, und sie hatte keinen Zweifel, daß sie auch diesmal gewinnen würden.

Sie und ihre Studenten standen um die flache Marmorplatte und die zerbrochenen Säulen, die einmal ein Massassi-Tempel unter freiem Himmel gewesen waren, bevor der Dschungel ihn verschluckt hatte. Dies war der Ort, an dem sie sich verteidigen wollten.

»Seid ihr alle bereit?« fragte Tionne. »Vergeßt nicht, was man euch beigebracht hat. *Es gibt keinen Versuch.* Wir müssen die Krieger der Dunklen Seite unter allen Umständen zurückschlagen.«

Ihre Studenten bekundeten lautstark ihre Zustimmung und sahen sie mit Blicken voller Vertrauen in ihre Fähigkeiten und ihren Plan an. Eine der jungen Frauen nickte Tionne zu, atmete tief durch und lief auf der Suche nach den anrückenden Dunklen Jedi in den Wald hinein. Sekunden später schrie die junge Frau laut drauflos, um die Rekruten der Schatten-Akademie auf sich aufmerksam zu machen.

Tionne hörte ein Lichtschwert knistern. Zweige fielen herab ... und dann war das Geräusch schwerer Stiefel zu hören, die sich einen Weg durch den Wald trampelten, während Tionnes Studentin zu der Falle zurücklief, die sie vorbereitet hatten. Tionne bedeutete den anderen schweigend, sich bereit zu machen.

»Komm zurück, du Jedi-Ungeziefer!« schrie einer der Feinde aus dem Dickicht.

Vier Dunkle Jedi platzten aus dem Dschungel auf die Tempellichtung, wo die keuchende Studentin auf der anderen Seite einer flachen Marmorplatte stand, die über ihren Köpfen hing. Tionnes Studentin tat so, als ergebe sie sich.

Die Eindringlinge traten vor. »Wir werden deinen Geist mit der Dunklen Seite zermalmen!« sagte einer.

»Jetzt!« rief Tionne. Aus ihren schattigen Verstecken langten vier ihrer besten Studenten mit der Macht wie mit unsichtbaren Fingern nach ihren Feinden und rissen ihnen in einer schnellen, überraschenden Bewegung die Lichtschwerter aus den Händen. Die Dunklen Jedi schrien erschrocken auf und schienen nicht glauben zu können, daß sie ihre Waffen verloren hatten. Dann kamen Tionne und ihre Studenten aus dem Unterholz hervor und umstellten sie.

»Wir brauchen unsere Lichtschwerter nicht, um euch zu besiegen. Wir können euch immer noch mit unserer Macht niedermachen!« drohte einer der imperialen Krieger, der seiner Sache allzu sicher war. »Die Macht der Dunklen Seite!« Die vier gegnerischen Jedi standen Rücken an Rücken eng beieinander und hoben die Hände.

»Das würde ich an eurer Stelle nicht tun«, sagte Tionne, und für einen Moment trat ein Lächeln auf ihre blassen Lippen. »Ihr solltet uns besser nicht ablenken – ein geringfügiges

Nachlassen unserer Konzentration könnte für euch *nieder-schmetternde* Folgen haben.«

Sie blickte nach oben. Ihre vier Studenten blieben mit geschlossenen Augen regungslos stehen und konzentrierten sich auf ihre Aufgabe.

Die Dunklen Jedi folgten ihrem Blick und stellten fest, daß die Marmorplatte, die sie für ein Rudiment des verfallenen Tempeldaches gehalten hatten, durch nichts gestützt wurde; ein Rechteck aus Fels von vielen Tonnen Gewicht, das frei über ihren Köpfen schwebte, allein getragen von der Kraft der Macht. Tionnes Studenten hielten ihre Konzentration aufrecht. Die Dunklen Jedi schluckten schwer.

»Ihr könnt zu fliehen versuchen, wenn ihr wollt«, sagte Tionne. »Vielleicht reicht eure Kraft aus, daß ihr uns alle überwältigen könnt und noch genug Energie übrig habt, um den Felsblock aufzufangen, bevor er euch auf die Köpfe fällt. Vielleicht …« Sie zuckte die Achseln und sah sie aufmerksam an. »Die Entscheidung liegt natürlich bei euch. Aber ich würde es nicht riskieren.«

Die vier Dunklen Jedi wechselten Blicke und fanden keine Worte. Schließlich senkten sie einer nach dem anderen die verschränkten Hände und ergaben sich.

Tionne entfuhr ein leiser, doch aus tiefstem Herzen kommender Seufzer der Erleichterung.

Unter den vielen Bäumen des Waldes war einer etwas Besonderes. Klein und verkümmert und mit einem dicken Stamm, streckte er die Zweige auf solch eigentümliche Weise aus, daß er unter einem bestimmten Blickwinkel fast wie ein menschliches Wesen wirkte. Es war eine von Master Skywalkers Jedis, ein träges, langlebiges pflanzenartiges Geschöpf.

Sie ging oft hinaus, um einige Tage in der Sonne zu verbringen, erzeugte ihre Nährstoffe durch Photosynthese, absorbierte Mineralien aus dem Boden, Wasser aus dem Fluß und Kohlendioxid aus der Luft.

Sie verbrachte meist einen ganzen Tag, oft viele Tage hintereinander, hier draußen und sann einfach nur über die Macht und ihren eigenen Platz im Universum nach. Bäume lebten stets sehr lang und neigten nicht zu überstürztem Handeln; doch manchmal, so wie jetzt, schaffte sie es, sich schnell genug zu bewegen. Sie begriff, wie wichtig es war, die Jedi-Akademie zu beschützen.

Sie hatte ihre Ausbildung angetreten, um die Macht zu verstehen, und geschworen, die Seite des Lichts zu verteidigen – und hier hatte sie es mit einem Kampf gegen die Schatten-Akademie zu tun, bei dem die Fronten klar waren. Dunkle Jedi streiften auf der Suche nach Opfern durch den Dschungel, aber Master Skywalker hatte alle Rekruten gut ausgebildet. Die Studenten der Hellen Seite würden einen guten Kampf führen.

Die baumartige Jedi stand reglos da und lauschte in den Dschungel ... und sie wußte, daß ihre Feinde bald bei ihr sein würden. Sie brauchte nur zu warten. Ihre Wurzeln gruben sich tiefer in die Erde und führten ihr verstärkt Energie zu. Sie spürte, wie der Saft in ihr pulsierte, in ihren Adern pochte, ihr die Schnelligkeit für ein unverzagtes Handeln verlieh, wie es jetzt erforderlich war ... nur dieses eine Mal, hoffte sie.

Sie hatte ihren Standort gut ausgewählt, gleich neben einem kränkelnden Massassi-Baum mit ausladenden Ästen und Zweigen. Sein Stamm war mit Kletterpflanzen überwuchert und triefte vor parasitären Borkenpilzen, die ins Kernholz gedrungen waren und den großen Baum von innen zu verzehren begannen.

Die Jedi spürte, daß dieser Urgroßvater von einem Baum jahrhundertelang gelebt hatte … Es war der Lauf der Dinge, der Lebenszyklus des Waldes. Pflanzen wuchsen, trugen Früchte, aus deren Samen die neue Generation gedieh, und verfielen dann langsam zu warmer organischer Materie, die den Boden für kommende Generationen fruchtbar machte. Sie sah, wie der alte Massassi-Baum sich herunterbeugte und den umliegenden Dschungel beobachtete … und wartete.

Sie streckte vorsichtig und behutsam, damit die Schüler der Dunklen Seite nicht spürten, daß sie manipuliert wurden, mit Hilfe der Macht unsichtbare Finger aus. »Kommt her«, sendete sie immer wieder hinaus. Wenigstens einer von ihnen würde auf den Ruf reagieren. Sie würden glauben, sie hätten einen ihrer Feinde von der Hellen Seite aufgespürt, doch in Wirklichkeit war es das Werk der Jedi-Pflanze.

Nach einer unbestimmten Zeitspanne – sie bemaß die Zeit nicht in kleinen Intervallen – spürte sie eine heftige Erschütterung: Zwei Angreifer aus der Schatten-Akademie stürmten durch den Wald, als sei das empfindsame Ökosystem nicht mehr als ein lästiges Ärgernis, das sie vollständig auslöschen würden, wenn sie die Gelegenheit bekämen.

Die Jedi wartete. Sie mußte sich konzentrieren. Sie mußte im richtigen Moment handeln und durfte keine Zeit mit Nachdenken verschwenden, sonst wäre ihre Gelegenheit vertan.

Einer ihrer knorrigen Zweige – ein Anhängsel, das einer Hand ähnelte – umklammerte ein wulstiges Lichtschwert, das eigens für ihren hölzernen Griff konstruiert war.

Die beiden Dunklen Jedi erreichten die Lichtung und blieben stehen. »Ich sehe hier nichts«, sagte einer von ihnen.

»Lord Brakiss würde sich für dich schämen. Und Lord Zekk würde dir dein Lichtschwert wegnehmen. Die Kräfte der Dunklen Seite sind an dir verschwendet.«

»Ich sag's dir, ich habe es gespürt«, sagte der andere. Er trat vor, sah von einer Seite zur anderen, beäugte den stillen Dschungel. Sein Gefährte stand neben ihm und blickte finster drein.

In diesem Moment nutzte die Jedi all ihre gespeicherten Reserven – und handelte. Sie zündete das Lichtschwert und hieb mit dem armartigen Ast zur Seite, so wie ein gebeugter Schößling, der plötzlich losgelassen wurde und wie eine Peitsche ausschlug.

»Verzeih mir, Großvater Baum«, sagte sie – und im selben Moment durchschlug ihr Lichtschwert den Stamm des wankenden alten Massassi-Baums, trennte ihn vom Stumpf und ließ ihn in die Arme der Schwerkraft fallen. Seine ausladende Krone kippte und begrub die beiden Dunklen Jedi-Eindringlinge unter sich. Sie hatten gerade noch genug Zeit, um mit einem fassungslosen Schrei aufzublicken, bevor ein Meteor aus Zweigen und Kletterpflanzen auf sie niederfuhr.

Die Jedi schaltete ihr Lichtschwert aus, dann spürte sie ein Zittern, das ihren ganzen hölzernen Körper erfaßte. Mit einer einzigen Aktion hatte sie über Monate aufgebaute Energiereserven erschöpft. Sie streckte ihre Zweige zur Sonne empor und grub ihre Wurzeln tiefer in die Erde.

Es würde sie viel Zeit kosten, um sich von diesem Tag zu erholen.

9

Nachdem sie den Fluß überquert hatte, bahnte Jaina sich einen Weg durch den Dschungel und suchte nach einem begehbaren Pfad durch das verfilzte Unterholz, während sie sich vor etwaigen Angreifern versteckt hielt. Im Moment war der dichte Wald ihr Verbündeter, und sie konnte die Deckung zu ihrem Vorteil nutzen. Sie hatte keine Angst, gegen die Dunklen Jedi zu kämpfen, die die Akademie bedrohten – aber sie hatte eine lebenswichtige Mission zu erfüllen ... etwas, das mehr nach ihrem Geschmack war.

Solang die Abwehrschilde außer Betrieb waren und der Generator beschädigt, blieb das ganze Gebiet wiederholten Angriffen aus dem Himmel ausgesetzt. Luke Skywalkers Rekruten verteidigten sich nach Kräften ... aber wenn es Jaina irgendwie gelingen würde, den Schildgenerator zu reparieren und den Schutzschild wieder hochzufahren, konnten die neuen Jedi-Ritter sich ihre dreisten Widersacher einen nach dem anderen vorknöpfen.

Schließlich hatte sich Jaina zur Lichtung durchgeschlagen, wo ihr Vater und Chewbacca kürzlich den neuen Energieschildgenerator installiert hatten. Auf einen Blick erkannte sie, daß die Anlage trotz ihres ungewöhnlichen Improvisationstalents nicht zu reparieren war. Normalerweise hätte sie eine provisorische Reparatur versucht, um die Systeme wenigstens vorübergehend wieder in Betrieb zu nehmen. Aber hier war nichts mehr zu machen. Ein imperialer Saboteur hatte einen Thermosprengsatz benutzt, um die ganze Generatorstation auszulöschen. Sie war hoffnungslos ruiniert, ein Haufen Schrott; an Reparatur war überhaupt nicht zu denken.

Jainas Aufmerksamkeit verblieb jedoch nur für eine kurze Weile bei dem Generator. Sie hielt den Atem an.

Dort auf der Lichtung stand ein imperialer TIE-Jäger in tadellosem Zustand.

Seit Chewbacca seinem Neffen Lowie einen T-23-Skyhopper geschenkt hatte, sehnte Jaina sich nach einem eigenen Schiff. Das war der eigentliche Beweggrund hinter ihrem Bestreben gewesen, den abgestürzten TIE-Jäger zu reparieren, den die jungen Jedi-Ritter im Dschungel gefunden hatten – Qorls TIE-Jäger.

Sie hielt inne und glotzte die Maschine starr vor Aufregung und düsterer Vorahnung an. Aber bis auf die gedämpften Kampfgeräusche aus dem Dschungel und die fernen Schreie und Blastersalven aus dem Großen Tempel hörte sie keinen Laut.

Jaina zog ihr Lichtschwert und drückte den Einschaltknopf. Der Strahl zuckte hervor und glühte in einem elektrischen Violett. Dann schlich sie auf allen vieren weiter und war bereit zu kämpfen, falls der TIE-Pilot mit gezogenem Blaster auftauchen sollte. Aber sie spürte niemanden ringsum, hörte keinen Laut aus dem Schiff.

»Hallo?« rief Jaina. »Du ergibst dich besser, wenn du ein Imperialer bist.« Sie wartete. »He, ist da jemand?«

Nur die brodelnden Geräusche des Dschungels antworteten ihr.

Schließlich ließ Jaina ihrem Eifer freien Lauf und rannte auf den verlassenen TIE-Jäger zu. Das Schiff sah finster und bedrohlich aus: ein rundes Cockpit, das zwischen zwei flachen, sechseckigen Energieaggregaten saß, doppelte Ionenturbinen, die den kleinen Jäger durch den Weltraum trieben, und eine Batterie tödlicher Laserkanonen.

Alle möglichen Ideen und Erklärungen schossen ihr durch den Kopf. Wenn sie dieses Schiff mitten unter ihre Feinde steuern konnte, wäre Jaina hervorragend getarnt. Sie könnte sich unauffällig unter ihre Reihen mischen, und niemand würde etwas davon merken, daß sie in Wirklichkeit eine Feindin war ... bis es zu spät war.

Jaina schaltete ihr Lichtschwert wieder aus, öffnete die Cockpitluke und stieg ein. Sie hatte die Funktionsweise der TIE-Jäger studiert, als sie und ihre Freunde Ersatzteile in Qorls abgestürztem Schiff austauschten. Sie kannte die Knöpfe am Steuerpult und wußte, wie man die Systeme in Betrieb nahm. Obwohl der exilierte alte Pilot in seinem Schiff davongeflogen war, bevor Jaina die Gelegenheit gehabt hatte, selbst einmal eine Runde damit zu fliegen, hatte sie keinen Zweifel, daß sie das Schiff handhaben konnte.

Sie setzte sich in den Pilotensitz und bemerkte den öligen Gestank der schalen Schmiermittel und die säuerlichen Gerüche, auf deren Beseitigung das Imperium keinen Wert legte. Eine Atemmaske hing unmittelbar neben einer Lebenserhaltungskonsole. Die Wände des Cockpits schlossen sich um sie wie eine schützende Schale und ließen ihr wenig Bewegungsspielraum, doch alle Bedienungselemente blieben mit den Fingerspitzen zu erreichen. Durch die Vorderluke des Schiffs konnte sie hinaussehen.

Jaina fand den Startschalter, betätigte ihn und spürte, wie die Turbinen zu wummern begannen, die Systeme hochfuhren, die Batterien sich aufluden. Über das Kontrollpult ringsum blitzten grelle Lichter. Sie holte tief Luft, schnallte sich fest und packte den Steuerknüppel.

»Alle Systeme startbereit«, flüsterte sie bei sich. Sie warf einen Blick in den Himmel und suchte nach den dunklen

Flecken anderer imperialer Schiffe. »Also gut, TIE-Jäger, macht euch auf Gesellschaft gefaßt.« Der imperiale Jäger stieg in die Höhe, als Jaina den Steuerknüppel zu sich heranzog. Als sie über die Baumkronen hinausschoß, spürte sie ein Hochgefühl, wie nur richtiges Fliegen es hervorbringen konnte. Im Innern des Schiffs schien es ungewöhnlich leise zu sein, bis ihr auffiel, daß jemand die lauteren Haupttriebwerke außer Kraft gesetzt hatte. Dieser TIE-Jäger flog nur deshalb so leise, weil er ausschließlich von den weniger kraftvollen Turbinen angetrieben wurde. *Deshalb* also hatte der feindliche Pilot unter ihrem Schild hinwegfliegen können, ohne bemerkt zu werden! Ohne Zweifel waren die ursprünglichen Systeme intakt geblieben, aber die feindliche Kommandotruppe war ohne das vertraute Heulen der TIE-Turbinen eingedrungen.

Na gut, dachte Jaina – sie konnte genausogut lautlos und tödlich sein. Als sie schließlich über die Baumwipfel hinwegjagte, sah sie umher und faßte mögliche Ziele ins Auge. Sie raste dahin, schwelgte im Rausch der Geschwindigkeit, sah zu, wie die Landschaft unter ihr zu einem fleckig grünen Schwamm verwischte.

Über sich sah sie sechs TIE-Jäger im Formationsflug herabstürzen; sie feuerten auf die Baumkronen und zermalmten die Tempelruinen, flache Anlagen, die nie für die Jedi-Ausbildung genutzt worden waren. Der Palast der Woolamander, eine uralte Ruine, die ohnehin schon fast völlig in sich zusammengefallen war, rauchte von gleißenden Geschützsalven aus den Laserkanonen, wobei Jaina davon überzeugt war, daß sich kein einziger Jedi-Ritter dort versteckt hielt.

Sie ließ die imperialen Komkanäle eingeschaltet, damit sie das angespannte, barsche Geschwätz mitverfolgen konnte, während die TIE-Piloten ihren Einsatzplan besprachen, Ziele auswählten und auf Gestalten feuerten, die unter den dicken Massassi-Bäumen Deckung fanden.

Ihr Mikrophon ließ Jaina allerdings ausgeschaltet, als sie sich der Formation von TIE-Jägern an letzter Stelle anschloß. Über das Komsystem bekam sie mit, daß die anderen ihr Erscheinen bemerkt hatten; und statt sie dadurch mißtrauisch zu machen, daß sich die Stimme einer jungen Frau über Funk meldete, schnippte sie bloß ein O. K. ins Mikrophon.

Dann machte sie die Laserkanonen scharf.

»Genug Ziele für jeden«, sendete einer der TIE-Jäger an alle. »Kommt, laßt uns was kaputtmachen.«

Jaina biß sich auf die Unterlippe und nickte. »Ja«, murmelte sie bei sich. »Laßt uns was kaputtmachen.«

Sie ließ die Augen halb zufallen, konzentrierte sich und spürte die Macht. Trotz der Sensoren und Systeme, die im TIE-Jäger zur Verfügung standen, kam nichts dem erhöhten Wahrnehmungsvermögen eines Jedi gleich, wenn es darum ging, Bewegungen zu koordinieren. Sie mußte zielen und feuern und mit Lichtgeschwindigkeit wieder zielen. Nur so hatte sie eine Chance.

Jaina packte den Steuerknüppel ihrer Geschütze, richtete ihre Aufmerksamkeit auf den Zielmechanismus und flog geschmeidig hinter den arglosen Imperialen her. Sie mußte jeden mit einem einzigen Schuß außer Gefecht setzen. Sie konnte kein wiederholtes Feuer auf ein einziges Ziel riskieren, denn wenn sie einmal mit dem Schießen anfing, würden sie sicher alles andere als freundlich zu ihr sein.

Jaina suchte sich ihre empfindlichsten Stellen aus: ihre Turbinen und die Gelenke, mit denen die planaren Energieaggregate am Rumpf befestigt waren. Wenn die TIE-Jäger ihr die

Flanke zuwandten, würde sie die Energieaggregate selbst wegschießen – große Ziele, die sie unmöglich verfehlen konnte.

Während sie in Gedanken einen Countdown herunterzählte, richtete Jaina ihre Laser auf das Schiff, das ihr am nächsten war. »Worauf warte ich noch?« fragte sie sich.

Sie biß die Zähne aufeinander und feuerte einen einzigen Schuß ab, dann riß sie die Laserkanonen herum und preschte blitzschnell voran, um einen zweiten TIE-Jäger ins Visier zu nehmen. Noch bevor ihr zweiter Energiestrahl das schmale Verbindungsstück neben dem Cockpit traf und das Planaraggregat abtrennte, geriet der erste TIE-Jäger heftig ins Trudeln.

Jaina feuerte erneut auf die hinteren Triebwerkshülsen des zweiten Schiffs. Der TIE-Jäger explodierte vor ihr, blendete sie einen Moment lang, aber sie wandte schnell den Blick ab. Als sie die Laserkanonen auf das dritte Ziel richtete, hörte Jaina die TIE-Piloten entsetzt und in Panik aufschreien. Die Formation begann sich aufzulösen.

Ihr blieb nicht mehr viel Zeit.

Der dritte TIE-Jäger drehte sich ihr zu, und Jaina feuerte über das Chassis hinweg, trennte eins der Planaraggregate ab und traf die Sichtluken im Cockpit. Das dritte Schiff stürzte dem Dschungel entgegen – aber inzwischen hatten die übrigen drei Imperialen ihre Jäger herumgerissen und hielten geradewegs auf sie zu.

Jaina blinzelte, als grelle Blitze aus ihren Laserkanonen an ihr vorbeischossen. Sie zog ihren TIE-Jäger steil nach oben, nahm nun die Macht zu Hilfe, um die Schußrichtung des gegnerischen Feuers vorauszuahnen, so wie ihr Onkel Luke es tat, wenn er mit seinem Lichtschwert Blasterstrahlen abwehrte, rotierte um die eigene Achse, flog Wenden und in Schräglage

64

und raste schließlich mit der Höchstgeschwindigkeit ihres Jägers davon.

Doch die drei imperialen Schiffe heulten hinter ihr her, setzten ihr mit unablässigem Laserbeschuß zu und ignorierten die Ziele unter ihnen, da sie nun einem gemeinsamen Ziel nachjagten … dem Verräter in ihrer Mitte.

Jaina flog Ausweichmanöver und ließ die Maschine absacken. Der Rausch des Fliegens war vergangen. Ihr impulsiver Angriff bereitete ihr nun Sorgen. Sie schoß über den Dschungel hinweg, und die drei TIE-Jäger waren ihr dicht auf den Fersen.

10

Der dichte Urwald im Umkreis des Großen Tempels war für Luke Skywalker und die meisten seiner Jedi-Rekruten vertrautes Gelände. Trotz der Schlacht zwischen Licht und Dunkelheit, die ringsum tobte – oder vielleicht gerade *wegen* dieser Schlacht –, fand er es beruhigend, sich hier draußen in der Wildnis aufzuhalten. Der Dschungel kochte vor Leben und war daher reich an der Macht, die alles miteinander verband.

Indem er an seine Hüfte tastete, um sich zu vergewissern, daß sein Lichtschwert noch sicher neben dem Komsender am Gürtel befestigt war, sog Luke die Macht in sich ein. Er ließ sich von ihr durchströmen, ließ sich von ihr zeigen, wo überall gekämpft wurde.

Empfänglich für die Gefühle seiner Studenten, nutzte Luke seine Gedankenkräfte, um das schwindende Selbstvertrauen des einen Studenten zu stärken, den anderen vor einem unerwarteten Angriff zu warnen und einen dritten aufzumuntern, der müde wurde.

Ein Energiestrahl von einem TIE-Jäger peitschte wenige Schritte weiter durchs Geäst, setzte das Unterholz in Flammen und zwang Luke, sich in ein Dickicht zurückzuziehen, um dem erstickenden Rauch der brennenden Vegetation zu entgehen.

Mit Gedankenkraft suchte er nach dem Brennpunkt der Schlacht, der Stelle, wo er selbst am meisten von Nutzen sein konnte. Vor Jahrzehnten, als der Todesstern über dem Dschungelmond geschwebt hatte, war seine Mission ganz klar gewesen. Die Superlaser der Kampfstation konnten einen ganzen Planeten in Schutt und Asche legen. Luke hatte keinen Zweifel daran gehabt, daß die mächtigste Waffe des Imperiums zerstört werden mußte. Und mit Hilfe der Macht, die ihn leitete, war es ihm gelungen.

Aber die heutige Schlacht war etwas anderes – sie hatte keinen Brennpunkt. Diesmal gab es keine Superwaffen, die man ausschalten mußte. Die Langstreckensender der Akademie wurden gestört, die Abwehrschilde waren sabotiert worden. Solange R2-D2 und die *Shadow Chaser* in der Hangarbucht des Großen Tempels eingeschlossen waren, hatte Luke keine Möglichkeit, den Orbit zu erreichen, um die Schatten-Akademie direkt anzugreifen.

Der Bodenkampf dagegen wurde von der riesigen Gefechtsplattform aus geführt, die einige Kilometer weiter über Baumkronen schwebte, doch Luke spürte, daß die militärische Komponente des Angriffs ein bloßes Beiwerk war.

TIE-Jäger hatten direkte Angriffe auf den Großen Tempel geflogen – und trotzdem waren *Bodeneinheiten* und Dunkle Jedi in nahezu gleicher Truppenstärke gegen Lukes Studenten in den Kampf geschickt worden. Mit einer anderen Strategie wäre der Schatten-Akademie ein Sieg viel leichter gefallen –

es schien fast so, als *wollte* Brakiss es auf die schwierigere Art schaffen.

Luke wußte, daß das die Antwort sein mußte.

Ein lautes Signal des Komsenders machte ihn darauf aufmerksam, daß eine Nachricht für ihn angekommen war. Studenten der Akademie von Yavin trugen selten Komsender mit sich herum, aber zu Unruhezeiten trug der Jedi-Meister einen am Gürtel, um leichter erreichbar zu sein. Auch wenn die Schatten-Akademie Langstreckenübertragungen mit einem Störsender blockierte, kamen lokale Signale von R2-D2 immer noch durch.

Luke schaltete den Komsender ein. »Ganz ruhig, R2. Wir werden dich holen kommen, wenn die Schlacht vorüber ist.« Bevor er noch etwas sagen konnte, plärrte die Stimme eines Mannes aus dem winzigen Lautsprecher.

»... richt für Luke Skywalker. Wiederhole: Dies ist eine Nachricht für Luke Skywalker. Wenn mich jemand hört, bitte sofort antworten.«

Luke starrte das kleine Gerät an, bevor er antwortete. »Wer ist dran?« Aber noch bevor er die Antwort hörte, verrieten ihm seine Jedi-Sinne die Identität des Mannes.

»Ihr könnt mich *Meister* Brakiss nennen«, sagte die Stimme. »Richtet eurem Oberboß aus, daß ich auf allen Kanälen sende. Er wird mit mir reden wollen.«

»Hier ist Luke Skywalker«, sagte er. »Wenn Sie eine Nachricht haben, Brakiss, dann richten Sie sie direkt an mich.« Lukes Herz pochte schmerzhaft gegen seinen Brustkorb, doch eher vor Überraschung denn aus Furcht.

Ein affektiertes Lachen drang aus seinem Komgerät. »Nun denn, mein alter Lehrer ... der Mann, den ich einst Meister genannt habe. Es ist mir wirklich ein Vergnügen.«

»Was wollen Sie, Brakiss?« fragte Luke.

»Ein Treffen«, erwiderte die glatte Stimme. »Nur wir beide. Auf neutralem Boden. Als Gleichrangige. Wir hatten keine Gelegenheit, unsere … unsere Unterhaltung zu beenden, als Sie in meine Schatten-Akademie kamen, um Ihre Jedi-Brut zu befreien.«

Luke machte eine Pause, um zu überlegen. Ein Treffen mit Brakiss? Vielleicht war das die Antwort auf das Problem, das er zu lösen versucht hatte. Denn wer spielte in dieser Schlacht schon eine wichtigere Rolle als der Führer der Schatten-Akademie selbst? Wenn Luke mit Brakiss vernünftig reden, ihn von der Dunklen Seite abbringen konnte, wäre diese Schlacht gewonnen, bevor viele Menschen ihr Leben ließen.

»Wo, Brakiss? Welchen neutralen Boden haben Sie im Sinn?«

»Ich glaube, im Moment kommen weder Ihre noch meine Akademie dafür in Frage.«

»Da bin ich Ihrer Meinung.«

»Also weg vom Kampfgeschehen. Auf der anderen Seite des Flusses im Tempel der Blaublattbüsche. Aber Sie müssen allein kommen.«

»Werden Sie es auch tun?« fragte Luke.

Brakiss kicherte vollmundig. »Natürlich. Ich brauche keine Verstärkung – und ich weiß, daß Sie zu Ihrem Wort stehen.«

Luke verharrte einen Augenblick schweigend, um sich zu vergewissern, daß tatsächlich die Macht sein Handeln bestimmte. Sowohl er als auch Brakiss waren im Umgang mit der Macht geübt genug, um zu erkennen, ob der andere hinterhältige Absichten verfolgte.

»Sehr gut, Brakiss. Wir treffen uns dort. Allein. Dann können wir diese Sache ein für allemal aus der Welt schaffen.«

11

»He, das war doch gar nicht so schwer«, sagte Jacen und beugte sich im Kopilotensitz der Lightning Rod vor. Der Stuhl quietschte und das Füllmaterial drückte sich durch die unzähligen kleinen Risse und Löcher im Polster. Die Turbinen rumpelten, keuchten und wummerten, als das Frachtschiff sich endlich aus der Atmosphäre löste.

»Das konntest du dir wohl nicht verkneifen, Junge, was?« sagte Peckhum, als die Sensoren auf seinem Steuerpult Alarmsignale schrillen ließen. Feindliche Schiffe näherten sich. Wieder einmal. »TIE-Jäger im Anflug, gleich vier auf einmal. Sieht so aus, als wären sie direkt von der Schatten-Akademie aus gestartet.«

Jacen schluckte, studierte das Muster und schüttelte den Kopf. »Heiliges Blasterrohr! Wir senden besser unser Notsignal, bevor sie uns erwischen. Sonst kommt jede Hilfe für die Jedi-Akademie zu spät.«

Peckhum sah zu ihm hinüber, die Augen rot umrändert und mit einem ernsten Ausdruck in seinem abgehärmten Gesicht. »Um die Nachricht wirst du dich selbst kümmern müssen, Jacen. Ich werde alle Hände voll damit zu tun haben, ein paar rasante Flugmanöver hinzulegen – das heißt, wenn die Kiste das mitmacht.« Er tätschelte den Steuerknüppel. »Tut mir leid, daß ich dir das antun muß, altes Mädchen, aber ich habe dich nicht umsonst die Lightning Rod getauft. Zeigen wir diesen Imperialen mal, was wir draufhaben.«

Jacen fummelte am ungewohnten Komsystem herum, stellte Frequenzen ein und fühlte sich völlig fehl am Platze. Er wünschte, seine Schwester wäre bei ihm – sie war die Exper-

69

tin, was solche Systeme anging. Sie hätte gleich gewußt, wie man das Funkchaos, das Geplapper und die imperialen Störsender durchdringen konnte.

Er sendete eine Subraum-Nachricht auf allen Frequenzen mit dem Maximum an Sendeleistung und Energie, die sie erübrigen konnten, ohne die Schutzwirkung der Schilde zu beeinträchtigen.

»Hier ist Jacen Solo«, sagte er und räusperte sich. Er hatte keine Ahnung, was er sagen sollte, aber er nahm an, daß es auf die Einzelheiten im Moment nicht sonderlich ankam. »Achtung, Neue Republik. Dies ist ein Notruf! Hier ist Jacen Solo von Yavin 4. Ich bitte um sofortige Hilfe. Wir werden von der Schatten-Akademie angegriffen.

Wiederhole. Imperiale Jäger greifen die Jedi-Akademie an – bitte um sofortige Hilfe. Unsere Schilde sind lahmgelegt. Es finden Bodenkämpfe statt, und wir werden mit TIE-Jägern aus der Luft angegriffen. Wir brauchen dringendst Unterstützung.« Er schaltete das Mikrophon aus und sah zu Peckhum hinüber. »Na, wie mach ich das?«

»Ganz gut, Junge«, sagte Peckhum, legte das Schiff auf die Seite und versetzte es im Uhrzeigersinn in Rotation, als die vier TIE-Jäger an ihm vorbeiheulten und aus den Laserkanonen feuerten. Ein Schuß traf den unteren Schild der *Lightning Rod*, doch die übrigen Energiestrahlen verloren sich im Weltraum, ohne Schaden anzurichten, durchkreuzten die gähnende Leere, wo sich eben noch das Frachtschiff befunden hatte.

»Ich war früher mal ein guter Flieger«, sagte Peckhum. »Und das bin ich immer noch ... hoffe ich.«

Ein TIE-Jäger löste sich von den anderen dreien, wirbelte in einer engen Kurve herum und feuerte wiederholt, ohne sich

Zeit zum Zielen zu nehmen, durchlöcherte den Raum mit einer tödlichen Salve.

Peckhum tauchte ab und streifte die Atmosphäre, so daß die untere Hälfte der *Lightning Rod* rot aufglühte. Dann schnellte er in den leeren Raum zurück und schoß in einer engen Rückwärtsschleife über den entschlossenen TIE-Jäger hinweg, der die ganze Zeit unentwegt feuerte. Funken stoben vom Steuerpult des zerbeulten Frachtschiffs. An den Diagnosegeräten blinkten Lichter.

»Peckhum! Was bedeuten die Alarmsignale?« fragte Jacen.

»Sie bedeuten, daß unsere Schilde versagen.«

»Haben Sie denn überhaupt keine Waffen auf diesem Schiff?« Jacen überflog mit Blicken die Steuerpulte, suchte nach einer Art Zielsystem, irgendeinem Feuerknopf.

Peckhum keuchte und ließ das Schiff fast senkrecht in die Atmosphäre von Yavin 4 absacken. »Dies hier ist ein Frachtschiff, Junge, und es hat schon bessere Tage gesehen. Ich habe nicht damit gerechnet, es in eine Schlacht führen zu müssen, weißt du. Ich bin schon froh, daß die Speiseprozessoren noch funktionieren.«

Der Rest des imperialen Geschwaders schwirrte davon, um den Angriff auf die Jedi-Akademie fortzusetzen, aber der eine hartnäckige TIE-Jäger schien nur ein Ziel im Sinn zu haben. Diesmal hatte er sie genau im Visier, so daß die meisten Energiestrahlen seiner Laserkanonen die *Lightning Rod* tatsächlich trafen.

»Der Junge will uns wirklich fertigmachen«, sagte Jacen.

Peckhum beschleunigte über jedes vertretbare Maß hinaus. Die *Lightning Rod* ächzte und quietschte, als sie die Atmosphäre durchraste und von Luftturbulenzen durchgerüttelt wurde.

Jacen wurde von einer Seite zur anderen geschleudert. Er langte erneut nach den Komsystemen. »Hier noch mal Jacen Solo mit einem persönlichen Notruf. Wir sind in schrecklichen Schwierigkeiten. Jemand ist uns auf den Fersen. Bitte um Unterstützung. Bitte – kann uns da draußen irgend jemand helfen?«

Peckhum sah zu ihm hinüber. »Es wird niemand mehr rechtzeitig hier sein.«

Jacen erinnerte sich an Geschichten, wie Luke Skywalker beim Flug durch die schluchtartigen Gräben des Todessterns in eine ähnliche Situation geraten war und versucht hatte, seinen Protonentorpedo durch einen kleinen thermischen Belüftungsschacht zu schießen. Sein X-Flügler war in Darth Vaders Sichtweite gewesen und hatte die TIE-Jäger und Abfangjäger, die ihm auf den Fersen waren, nicht abschütteln können. Die Lage schien hoffnungslos – und dann war Jacens Vater Han Solo aus dem Nichts aufgetaucht und hatte den Tag gerettet.

Aber Jacen glaubte nicht, daß sein Vater sich zur Zeit in Reichweite befand, und er konnte sich niemanden vorstellen, der plötzlich aus dem Himmel stürzen würde, um sich ihren Gegner vorzuknöpfen. Auf so viel Glück durfte er nicht hoffen.

Mit einem Knistern statischer Entladungen meldete sich eine rauhe und hämische Stimme aus dem Komsystem – doch es war kein Retter. »Na so was ... Jacen Solo! Du bist eine dieser miesen kleinen Jedi-Ratten, die uns auf den unteren Ebenen von Coruscant in die Quere gekommen sind. Sagt dir der Name Norys noch etwas? Ich war der Anführer der Bande der Verlorenen. Du hast uns dieses Flederhabicht-Ei gestohlen ... und jetzt, glaube ich, ist es an der Zeit, ein paar alte Rechnungen zu begleichen. Ha!«

Jacen lief es kalt den Rücken herunter, als er sich an den breitschultrigen Schläger erinnerte, der solchen Appetit auf Zerstörung gehabt hatte. Norys sprach weiter.

»Der kleine Schrottsammler Zekk hat sich uns im Zweiten Imperium angeschlossen, aber du hast die falsche Entscheidung getroffen, Junge. Ich wollte nur, daß du weißt, wer dich wegpustet.« Der TIE-Pilot unterbrach die Verbindung und setzte die Konversation mit einer Salve Laserblitze fort.

»Nun, ich bin froh, daß er sich zu einem so günstigen Zeitpunkt bei uns gemeldet hat«, sagte Peckhum, der mit dem Steuerknüppel kämpfte und es nicht mehr schaffte, einen Ausweichkurs zu fliegen. Er mußte sein ganzes Talent aufwenden, um zu verhindern, daß die *Lightning Rod* in Einzelteilen vom Himmel regnete. »Ich glaube nicht, daß wir uns noch lange halten, und ich bin mir sicher, daß dieser Norys es bedauern würde, uns in Stücke zu schießen, ohne uns einen kleinen Abschiedsgruß mit auf den Weg zu geben.«

Die Turbinen der *Lightning Rod* begannen zu rauchen. Weitere Alarmsignale plärrten von den Steuerpulten. Hinter ihnen feuerte Norys' TIE-Jäger erbarmungslos weiter, ließ Laserblitze auf die Hülle des zerbeulten Frachtschiffs prasseln, versuchte es zu knacken wie eine Nuß.

Jacen starrte das Komgerät an, hielt es aber für überflüssig, noch einmal einen Notruf zu senden.

Die Baumkronen des Dschungels schossen unter ihnen hinweg. Jacen sah gehetzt von einer Seite zur anderen. »Wäre wohl keine gute Idee, jetzt einen Witz zu erzählen«, sagte er.

Peckhum schüttelte den Kopf. »Mir ist im Moment ganz und gar nicht nach Lachen zumute.«

12

Das dichte Geäst des feuchten und schattigen Dschungels schloß sich um ihn, schien ihn erdrücken zu wollen. Es erinnerte Zekk an die düsteren unteren Ebenen von Coruscant. Er fühlte sich fast wie zu Hause.

Er und seine Truppen Dunkler Jedi waren, getragen von Repulsorpacks, aus dem Himmel gefallen. Nach der Landung in den Baumkronen hatten sie sich zum Waldboden hinuntergearbeitet und waren ausgeschwärmt, um die fliehenden Jedi-Rekruten einzukreisen, die Master Skywalker einer Gehirnwäsche unterzogen hatte, damit sie seine Rebellenphilosophie unterstützten.

Zekk verstand wenig von Philosophie. Er wußte nur, wer seine Freunde und Förderer waren – und wer ihn verraten hatte. So wie Jacen und Jaina ... vor allem Jaina. Er hatte sie für eine Freundin gehalten, eine enge Vertraute. Erst später, nachdem Brakiss ihn aufgeklärt hatte, war Zekk klar geworden, was Jaina wirklich über ihn dachte, wie leichthin sie sein Jedi-Potential und die Möglichkeit abtat, daß er ihr und ihrem hochgeborenen Zwillingsbruder ebenbürtig sein könnte. Aber Zekk *hatte* das Potential, und er hatte es bewiesen.

Trotz allem hoffte er, daß Jacen und Jaina nicht gegen ihn kämpfen würden, denn dann würde er seine Macht demonstrieren müssen – und seine Loyalität gegenüber dem Zweiten Imperium. Er erinnerte sich an seinen ersten Test gegen Tamith Kais vielgepriesenen Studenten Vilas. Vilas hatte diesen Test mit seinem Leben bezahlt.

In den Zweigen über ihm hatte sich ein Dunkler Jedi-Kämpfer verfangen. Zekk sah zu, wie die glühende Klinge eines

Lichtschwerts die Äste durchhackte und dem Kämpfer einen Weg nach unten freischlug.

Ein Geschwader TIE-Jäger raste über den Himmel und feuerte in den Wald. Die Dunklen Jedi schwärmten aus und suchten nach eigenen potentiellen Opfern. Zekk versammelte drei der nächststehenden Kämpfer um sich, und gemeinsam marschierten sie durchs Unterholz.

Sie erreichten das Ufer des breiten Flusses, dessen braungrüne Strömung leise durch den Dschungel plätscherte und herabhängende Farne bewegte. Weiter flußabwärts, unweit der hohen Massassi-Tempelruinen, sah er Tamith Kais Gefechtsplattform schweben.

Zekk blieb neben seinen Dunklen Jedi-Gefährten am Flußufer stehen. Die anderen Kämpfer wechselten Blicke und zeigten in den Himmel. Zekk nickte, weil er wußte, was sie wollten. »Ja«, sagte er. »Laßt uns einen Sturm entfesseln, der den Dschungel niederwalzt und diese Jedi-Feiglinge aufscheucht.«

Er blickte in den klaren blauen Himmel empor, horchte tief in sich hinein und entdeckte einen finsteren Zorn, einen Schmerz, den er sein ganzes Leben lang empfunden hatte. Er wußte, wie er seinen Zorn als ein Werkzeug, eine Waffe benutzen konnte. Zekk zog die Winde zusammen. Er spürte, wie die anderen Krieger der Dunklen Seite neben ihm dasselbe taten, Gewitterfronten heraufbeschworen, bis massige schwarze Wolken vom Horizont heranrollten.

Der Wind frischte auf und wurde kälter, aufgeladen mit statischer Elektrizität. Zekks scharlachrot gefütterter Umhang bauschte sich. Strähnen seines dunklen Haars, die der Wind aus seinem Pferdeschwanz gelöst hatte, peitschten ihm ins Gesicht. Grelle Blitze zuckten zwischen den Gewitterwolken hin und her. Das Donnern übertönte sogar den Lärm der TIE-Jäger, die im Zickzack über sie hinwegschossen.

Zekk lächelte. Ja, ein Sturm kam auf, ein Sturm, der den Sieg verhieß.

Aber während die Wolken weiter anschwollen, ihre machtvolle meteorologische Energie entfachten, hörte er den Lärm wiederholten Laserkanonenfeuers und sah in den Himmel hinauf, wo ein anderer Kampf stattfand: ein Nahkampfduell. Ein rauchendes Schiff rotierte über ihm, verfolgt von einem einzelnen TIE-Jäger, der immer wieder seine Energieblitze abfeuerte und erbarmungslos seiner Beute nachjagte.

Zu seinem Erstaunen erkannte Zekk das zerbeulte Flickwerk der *Lightning Rod* wieder, das Frachtschiff seines alten Freundes Peckhum, des Mannes, mit dem er viele Jahre zusammengelebt hatte.

Peckhum! Sie waren enge Vertraute gewesen, gute Freunde, so wenig sie auch gemeinsam hatten. Zu spät fiel ihm ein, daß der alte Raumfahrer sich gelegentlich ein Zubrot damit verdiente, daß er Skywalkers Jedi-Akademie Nachschub lieferte. Konnte es sein, daß sein alter Freund sich hier auf dem Dschungelmond befunden hatte, als heute morgen der Angriff begann?

Sein Herz machte einen Sprung und ein qualvolles Unbehagen breitete sich in seiner Magengrube aus. Seine Konzentration auf den Sturm ließ nach.

In dem rückläufigen Sog peitschte der Wind die Bäume in seiner Nähe, bog Äste zurück, als die anderen Dunklen Jedi sich darum bemühten, die stürmische Bö wieder unter Kontrolle zu bringen.

»Nein, Peckhum«, stieß Zekk hervor, als er Zeuge wurde, wie der TIE-Jäger die unglückliche *Lightning Rod* in Brand setzte. Ein kleiner Feuerball flammte auf ihrem Rumpf auf, und Zekk wußte, daß das zerbeulte Frachtschiff seine Schilde eingebüßt hatte.

Die *Lightning Rod* stürzte ab – und er konnte nichts tun, um es zu verhindern.

Er hörte überraschte Aufschreie neben sich, als die Dunklen Jedi-Ritter völlig die Kontrolle über den aufziehenden Sturm verloren. Die Winde knickten weiter Äste und entwurzelten Schößlinge, legten sich aber langsam wieder, als die Krieger der Dunklen Seite von der Manipulation des Wetters abließen.

Ihre Aufmerksamkeit hatte sich inzwischen einem jungen Jedi-Rekruten zugewandt, den sie im Unterholz entdeckt hatten – jemand, der entweder auf sie zugeschlichen war oder sich einfach nur vor Zekk versteckt hatte.

Der Junge kroch aus den Büschen. Ein verstrubbelter Blondschopf umgab sein gerötetes Gesicht. Seine Kleidung und sein Umhang waren so lächerlich grellbunt – hellviolett, gold, grün und rot –, daß es Zekk in den Augen weh tat. Wie hatte dieser junge Mann nur glauben können, mit einem solchen Aufzug nicht aufzufallen?

Der Junge wirkte erschrocken, doch zu allem entschlossen. Er schob die Unterlippe vor, stemmte die Hände in die Hüften, und sein regenbogenfarbener Umhang bauschte sich um ihn in den letzten Nachwehen des stürmischen Windes.

»Also gut, ihr laßt mir keine Wahl«, sagte der Junge und räusperte sich. »Ich bin Raynar, Jedi-Ritter ... äh, in der Ausbildung. Entweder ihr ergebt euch jetzt – oder ihr zwingt mich, euch anzugreifen.«

Zwei von Zekks Gefährten brachen lauthals in Gelächter aus, zündeten ihre Lichtschwerter und staksten auf den ertappten jungen Mann zu. Raynar wich zurück, bis er gegen den rauhen Stamm eines Baumes stieß. Er kniff die Augen zusammen und versuchte angestrengt, sich zu konzentrieren. Er hielt den Atem an, bis sein Gesicht erst hell-, dann dunkelrot anlief.

Zekk spürte den leichten Stoß einer unsichtbaren Hand, als der Junge sie mit Hilfe der Macht zurückzutreiben versuchte. Die beiden Dunklen Jedi mit den Lichtschwertern schienen es nicht einmal bemerkt zu haben.

Zekk war im Moment allerdings nicht danach zumute, jemanden einfach niederzumachen. Der Bursche war stolz und unverschämt, aber er hatte etwas an sich – etwas Unschuldiges ...

Zekk dachte kurz nach, dann, noch bevor seine beiden Begleiter mit Raynar kurzen Prozeß machen konnten, streckte er die unsichtbaren Hände aus, die ihm die Macht verliehen, packte den Jungen an seinem bunten Umhang und riß ihn von den Beinen. Mit einem raschen geistigen Ruck wirbelte er Raynar über die Köpfe seiner Gefährten und warf ihn in den Fluß. Raynar heulte im Flug laut auf und landete mit einem uneleganten Bauchklatscher in dem trüben Wasser.

Die beiden Dunklen Jedi fuhren herum und sahen Zekk wütend an. Draußen auf dem Fluß watete Raynar ins seichte Wasser, völlig mit Schlamm besudelt, der Umhang vom Schleim des Flusses überzogen.

»Es ist ein größerer Triumph, einen Feind gründlich zu demütigen, als ihn einfach nur umzubringen«, erklärte Zekk. »Und wir haben diesen Jedi auf eine Weise gedemütigt, wie er es nie vergessen wird.«

Die Dunklen Krieger kicherten über die Bemerkung, und Zekk wußte, daß er ihre Wut besänftigt hatte ... für den Moment jedenfalls.

Dann sah er sehnsüchtig in Richtung Himmel und hoffte eine Spur der *Lightning Rod* zu entdecken, doch er sah dort oben nur eine Rauchwolke, die sich langsam verflüchtigte. Er wünschte, ihm würde etwas einfallen, um seinem Freund zu helfen; mußte er Peckhums Tod als Preis für seinen Triumph hinnehmen?

Das angeschlagene Schiff war verschwunden, der Ausgang des Duells erschien unausweichlich. Zekk hatte keinen Zweifel, daß er die *Lightning Rod* oder Peckhum nie wiedersehen würde.

13

Qorls TIE-Jäger raste über den Dschungel hinweg und erfaßte Ziele für das Angriffsgeschwader. Der Rest seines Kampfjägergeschwaders hatte eigene Befehle und flog eine andere Angriffsformation.

Er bezweifelte allerdings, ob sein Student Norys noch Befehlen gehorchen würde, wenn die Schlacht erst richtig losging und ihnen Laserblitze um die Ohren zischten. Dieser Schläger würde wie ein Amokläufer von Ziel zu Ziel stolpern und den Plänen des Imperiums sicher ebensoviel Schaden zufügen wie denen der Rebellen.

Qorl fröstelte innerlich. Ein Schauder des Entsetzens durchfuhr ihn und erstarrte in seinen Adern zu Eis. Er hatte damit gerechnet, daß es ihn beleben würde, wieder fliegen und kämpfen zu können, seinen eigenen TIE-Jäger in einer Schlacht für das Zweite Imperium zu steuern.

Stattdessen quälten ihn Vorbehalte und Zweifel. Ihn beunruhigte die Möglichkeit, daß er eine falsche Entscheidung getroffen hatte und das Zweite Imperium nun vielleicht dafür bezahlen mußte.

Norys blieb eine herbe Enttäuschung. Als Qorl den zähen jungen Mann ausgewählt hatte, war ihm klar gewesen, daß das rauhe Leben die Persönlichkeit des Schlägers im Laufe der Jahre verhärtet hatte, doch immerhin hatte er auf Coruscant die Verlorenen angeführt. Der breitschultrige Junge hatte Einsatz gezeigt und geschworen, ein Soldat des Imperiums zu werden, weil ihm das ein Gefühl der Macht und der Selbstsicherheit verlieh – und genau das war es, was das Zweite Imperium brauchte.

Von einem loyalen Soldaten wurde allerdings auch verlangt, daß er Befehlen gehorchte. Ein Diener des Imperiums durfte keine unkontrollierbare Waffe sein und seine eigenen Wünsche vor die Befehle seiner Vorgesetzten stellen. Je mehr Norys sich an seine neue Situation gewöhnt hatte, desto respektloser, ja aufsässiger war er geworden.

Dieser Kerl war wirklich blutrünstig, wollte einfach nur dominieren, Schmerzen zufügen, endgültige Siege erringen. Er kämpfte weder zum Ruhm des Zweiten Imperiums noch für die Neue Ordnung – oder für irgendein anderes politisches Ziel. Er kämpfte einfach nur um des Kämpfens willen. Und das war eine tödliche Haltung, ganz gleich für wen er kämpfte.

Qorl flog eine Schleife und hielt auf einen tosenden Waldbrand zu, der von einem der TIE-Jäger entfacht worden war, dann schoß er den Fluß entlang Tamiths Kais Gefechtsplattform entgegen, die über den Bäumen schwebte. Über die Kommunikationseinheit seines Cockpits hörte Qorl einen lauten, aufgeregten Funkspruch auf allen Kanälen – und erkannte die Stimme.

»Achtung, Neue Republik. Dies ist ein Notruf! Hier ist Jacen Solo von Yavin 4. Ich bitte um sofortige Hilfe. Wir werden von der Schatten-Akademie angegriffen!«

Qorl setzte sich auf, rückte den schwarzen Helm zurecht und flog hartnäckig weiter. Er erinnerte sich an die jungen Zwillinge, die bei der Reparatur seines TIE-Jägers geholfen hatten, den Jungen und das Mädchen, die am Lagerfeuer in den Tiefen des Waldes seine Gefangenen gewesen waren. Sie hatten ihm ihre Freundschaft angeboten ... und versucht, ihm seine Loyalität für das Zweite Imperium auszureden. Aber dafür war er zu gut indoktriniert worden.

Kapitulation wäre Verrat.

Also war Qorl geflohen und hatte sich zur Schatten-Akademie durchgeschlagen, wo er Zeuge geworden war, wie man die entführten Zwillinge dem mörderischen Trainingsprogramm von Tamith Kai und Brakiss anvertraut hatte. Ihre brutalen Methoden, die auf das Leben neuer Studenten keine Rücksicht nahmen, hatten Qorl zutiefst bestürzt.

Niemand hatte je herausgefunden, daß Qorl den jungen Freunden bei ihrer Flucht aus der Schatten-Akademie diskret Beistand geleistet hatte. Seitdem hatte er im Geheimen alles dafür getan, um diesen kleinen Verrat wieder gutzumachen, erst ein Versorgungsschiff der Rebellen überfallen, um Hyperantriebskerne und Turbolaserbatterien zu stehlen, dann mit vollem Einsatz Norys und die anderen neuen Sturmtruppler ausgebildet.

Ein rauchendes Schiff schoß über ihn hinweg: ein von Blastersalven zerkratzter und verbeulter Frachttransporter. Qorl erkannte das Schiffsmodell, ein unbewaffnetes und altmodisches Transportshuttle. Seine Turbinen waren träge, seine Schildgeneratoren nicht für einen Kampfeinsatz vorgesehen.

Und jetzt sah er, daß es von einem erbarmungslosen TIE-Jäger verfolgt wurde.

Qorl war entgeistert, daß der TIE-Pilot einen Schuß nach dem anderen verschwendete, obwohl nur aus schierem Glück einige der Laserblitze ihr Ziel trafen. Es war nur eine Frage der Zeit, bis das Frachtschiff in der Luft explodierte.

Qorl stellte seine Cockpit-Komsysteme auf einen Kanal ein, über den er den anderen TIE-Jäger direkt erreichen konnte. »Identifizieren Sie sich, TIE-Pilot.«

Die rauhe Stimme, die antwortete, überraschte Qorl nicht. »Hier ist Norys, Alter. Stör mich nicht – ich habe ein Ziel im Visier.«

Er schluckte, aber seine Kehle blieb trocken. »Norys, Sie haben das Ziel schon getroffen. Dieses Frachtschiff ist für uns ohne Bedeutung. Sie haben Befehl, die Jedi-Akademie außer Gefecht zu setzen. Dieses Schiff wird dem Zweiten Imperium keine Schwierigkeiten mehr bereiten.«

»Bleib mir vom Leib, Alter«, sagte Norys. »Der gehört *mir* und ich werde ihn erwischen.«

Qorl versuchte seine Wut in Zaum zu halten. »Wir zählen keine Treffer, Norys. Dieser Angriff soll dem Zweiten Imperium nutzen – nicht Ihrem persönlichen Ruhm.«

»Steck doch den Kopf ins Triebwerk«, knurrte Norys. »Ich laß mir doch von einem alten Feigling nicht sagen, was ich zu tun und zu lassen habe.« Daraufhin schaltete der Schläger sein Komsystem aus und setzte dem brennenden Frachtschiff nach, ohne sein Feuer auch nur eine Sekunde lang einzustellen.

Qorls Enttäuschung verwandelte sich in blanke Wut. Mit seiner Einstellung schlug der junge Mann allem ins Gesicht, was am Imperium bewundernswert war. Qorl erinnerte sich an seine Ausbildung zum TIE-Jäger, wie er und die anderen Piloten wie Teile einer großen Maschine zusammengearbeitet hatten: präzise, beherrscht, respektvoll und immer den Befehlen folgend – womit sie dem geordneten Lebensstil entsprachen, den der Imperator der Galaxie gebracht hatte. Das war es wert, zu kämpfen.

Aber Norys vertrat keine solche Philosophie. Sie kümmerte ihn nicht.

Wieder war aus seinen Lautsprechern das Breitbandfunksignal zu hören. »Hier noch mal Jacen Solo mit einem persönlichen Notruf. Wir sind in schrecklichen Schwierigkeiten. Jemand ist uns auf den Fersen. Bitte um Unterstützung. Bitte – kann uns da draußen irgend jemand helfen?«

Qorl flog unter den Kontrahenten des Luftkampfs über die Baumkronen hinweg und spürte einen inneren Schmerz. Jacen Solo war ein würdiger Gegner. Der Junge war tapfer, auch wenn er sich der Rebellenbande statt dem Zweiten Imperium angeschlossen hatte. Aber traf den Jungen dafür die Schuld? Schließlich war seine Mutter die Staatschefin der Rebellenregierung.

Norys allerdings konnte sich frei entscheiden. Der breitschultrige Junge wußte, wofür man ihn ausgebildet hatte. Er hatte die Uniform des Imperiums und sein Schiff freiwillig angenommen … doch jetzt weigerte er sich, den Vorschriften zu gehorchen. Norys war nichts weiter als ein grausamer, mordlüsterner Rohling.

Norys' TIE-Jäger folgte immer noch dem Triebwerkstrahl des angeschlagenen Frachtschiffs. Schwarzer Rauch strömte aus dem Antriebsgehäuse, und Qorl beobachtete, wie die Schilde endgültig ausfielen.

Norys feuerte erneut und sprenkelte den Rumpf mit einer Kette schwarzer Einschlaglöcher.

Qorl schaltete seine eigenen Laserkanonen ein und aktivierte die Zielsysteme. Die *Lightning Rod* würde unter Norys' unablässigem Feuer binnen weniger Sekunden explodieren. Falls es dazu kam, würde es Qorl nicht überraschen, wenn der Verrückte weiter ins brennende Wrack feuerte, um sicherzugehen, daß es keine Überlebenden gab.

Ekel stieg in ihm auf. Er schaltete sein Komsystem aus und murmelte: »Tue ich etwas Unehrenhaftes, wenn ich jemanden vernichte, der selbst keine Ehre hat?«

Qorl hatte jedes Subsystem der imperialen TIE-Jäger studiert. Er kannte ihre Schwachstellen. Er wußte, wie man sie zerstören konnte.

Er zielte auf Norys' Antriebsdüse.

Norys ignorierte seinen Lehrer völlig und feuerte erneut. Sein Laserfeuer war jetzt in einen langsameren Rhythmus verfallen, so als genieße er die letzten Augenblicke.

Die *Lightning Rod* machte einen Satz, in einem letzten verzweifelten Versuch, dem Laserfeuer auszuweichen.

Qorl näherte sich Norys' Schiff.

Und feuerte.

Norys' TIE-Jäger explodierte in der Luft, zerstob so schnell und vollständig zu nichts, daß dem jungen Schläger nicht einmal Zeit blieb, überrascht aufzuschreien.

Weil er fürchtete, dies könne als Verrat am Zweiten Imperium aufgefaßt werden, verzichtete Qorl darauf, die *Lightning Rod* zu verständigen. Er änderte einfach den Kurs und reihte sich wieder in die Hauptangriffsformation ein, während die angeschlagene *Lightning Rod* sich bemühte, in der Luft zu bleiben ... oder zumindest nicht allzu hart zu landen.

14

Während über der Jedi-Akademie und im Dschungel ringsum die Schlacht tobte, kroch der imperiale Soldat Orvak weiter und konzentrierte sich auf seine Mission.

Er hatte seinen TIE-Jäger unweit der Schildgeneratoranlage zurückgelassen, nachdem er die Sprengsätze gelegt hatte, aber er würde dorthin zurückkehren, wenn er hier fertig war. Seit Stunden schlug er sich nun schon durch den dichten Wald.

Nicht weit von ihm brannten einige Bäume und ließen häßliche Rauchsäulen von der feuchten Vegetation aufsteigen. Er hörte Schreie und Blasterfeuer und das ferne Summen von Lichtschwertern. Er hielt sich geduckt und vermied jedes Geräusch, um nur nicht seine Position preiszugeben.

Skywalkers Jedi hatten ihren Großen Tempel verlassen und sich in diverse Scharmützel im Wald eingemischt ... was es ihm um so einfacher machte, im Tempel seine Arbeit zu erledigen.

Während er sich, noch immer im Dickicht verborgen, dem uralten Bau näherte, sah Orvak schwarze Streifen auf den dicken Mauern – Einschlagspuren von Protonenbomben, die die TIE-Jäger abgeworfen hatten. Die allgegenwärtigen Kletterpflanzen, die sich an die Flanken der Pyramide klammerten, waren unter der Hitze vertrocknet und haufenweise abgefallen. Eine Explosion in unmittelbarer Nähe hatte das Tor der Hangarbucht beschädigt und Skywalkers Flotte von Wachschiffen am Start gehindert.

Nach all den Jahrtausenden, dachte Orvak, hatte dieser antike Bau endlich etwas abbekommen. Aber nicht genug. Um den Rest würde er sich kümmern.

Mit eingezogenem Kopf schlich er durchs Laubwerk, durchtrennte Kletterpflanzen und entwurzelte Farne, um sich den Weg freizuräumen, bevor er schießlich aus dem Unterholz hervorkroch und hinter dem hohen Tempel stand.

Über ihm schossen, wie Raubvögel auf der Suche nach Beute, TIE-Jäger hinweg; Orvak hob den Blick und feuerte sie schweigend an.

Auf einer Seite der Pyramide sah er einen neu gepflasterten Hof. Ihm gegenüber, am Fundament des steinernen Baus, stand ein dunkler Eingang offen. Während er sich vorzustellen versuchte, welche dunklen Riten die Jedi-Studenten dort vollführten, wagte er sich neugierig auf den freien Platz.

Schon war Unkraut in den Ritzen zwischen den Pflastersteinen gewuchert. Nach der Zerstörung des Tempels würde der Dschungel das Gelände sicher binnen weniger Monate zurückerobern – und das würde diesem Ort guttun, dachte er. Bis dahin hoffte er, wieder auf der Schatten-Akademie oder vielleicht sogar zum Offizier auf einem Sternzerstörer befördert zu sein ... wenn seine heutige Mission erfolgreich verlief.

Als die Kampfgeräusche deutlich lauter wurden und in geringer Entfernung Protonenbomben in den Dschungel einschlugen, wagte Orvak sich weiter. Er lief über die schweren Pflastersteine in den düsteren Tunnel, der in den geheimen Tempel der Rebellen führte.

An der Schwelle hielt er für einen Moment inne und war froh einen Helm zu tragen, falls aus dem Inneren giftige Dämpfe dringen mochten. Wer wußte schon, welche teuflischen Fallen die Jedi-Zauberer gelegt hatten?

Er benutzte die Sensoren in seinem Helm, um nach Fallen zu suchen, fand aber keine ... was ihn nicht überraschte, da der Überfall durch die Schatten-Akademie völlig überraschend erfolgt war; die Jedi-Ritter hatten keine Zeit gehabt sich vorzubereiten.

Orvak betrat den Massassi-Tempel und schulterte seinen Rucksack. Er hetzte durch die Korridore, auch wenn er mit dem Grundriß der Pyramide nicht vertraut war. Er sah Privatunterkünfte, große Speisesäle ... nichts von Bedeutung, nichts, was es lohnte, von ihm zerstört zu werden.

Er lief weiter, arbeitete sich hinab bis zu der von außen durch Trümmer versperrten Hangarbucht, von der er annahm, daß er dort seine Sprengsätze am besten plazieren und alle Sternjäger der Rebellen auf einmal in die Luft jagen konnte. Aber als er aus dem Turbolift stieg, blinzelte er im düsteren Licht und konnte nicht glauben, was er sah. Orvak fand nur ein einziges schlankes, kurviges und kantiges Schiff vor. Mehr nicht. Keine Flotte von Raumschiffen, keine schweren Abwehranlagen. Er schnaubte ungläubig.

Plötzlich heulten Alarmsirenen aus der Hangarbucht. Rote Blitzlichter stachen ihm in die Augen. Ein kleiner tonnenförmiger Droide sauste unter Gepiepse und Gekreische auf ihn zu. Blaue Energieblitze schossen aus einem Schweißarm, der aus dem zylindrischen Torso ragte.

Orvak wich in den Turbolift zurück und schlug mit der Faust auf die Bedienungselemente, um die Türen zu versiegeln. Hatten die Jedi möglicherweise eine Streitmacht mörderischer Droiden zurückgelassen? Tödliche, waffenstarrende Maschinen, die nie ein Ziel verfehlten? Aber als die Türen zufielen und der Turbolift ihn nach oben beförderte, stellte er auf den letzten Blick fest, daß da bloß ein einsamer Astromechdroide über den Boden rollte und die in seinen Fuß eingebauten Standardalarmsirenen gellten. Anscheinend war jedoch niemand mehr im Tempel, der sie hören konnte.

Er schluckte nervös. Ein Astromechdroide! Es ärgerte ihn, wenn Maschinen sich selbst für zu wichtig hielten. Er fürchtete keine Fallen mehr.

Dennoch mußte Orvak sich eine andere Stelle suchen, wo er aktiv werden konnte. Irgend etwas Besonderes.

Er fand das Gewünschte schließlich im obersten Geschoß der großen Pyramide.

Er fuhr mit dem Turbolift nach oben und hielt seinen Blaster schußbereit für den Fall, daß jemand aus den Schatten hervorspringen würde, wenn er den großen Vorlesungssaal betrat.

Hier waren die Wände poliert und mit vielfarbigen Steinen getäfelt. An einem Ende erhob sich eine große Bühne, auf der Orvak vor seinem geistigen Auge die Rebellen stehen sah, wie sie ihre Studenten unterrichteten, Medaillen nach jedem Sieg über die rechtmäßigen Herrscher der Galaxie verliehen, gar ihre abstoßenden Rituale vollzogen.

Ja, dachte er. *Genau richtig.*

Orvaks Herz pochte vor Erregung, als er seinen Rucksack abnahm. Endlich konnte er seine Mission erfüllen, die seinen Begleiter Dareb bereits das Leben gekostet hatte. Er setzte den schwarzen Helm ab, um in dem spärlichen Licht, das durch die Oberlichter des Tempels drang, besser sehen zu können.

Rauch schwärzte den Himmel, als wäre verbrannte Farbe über das Firmament gestrichen worden. Der ferne Lärm unablässiger Angriffe hallte wie die Geräusche von Querschlägern durch den Vorlesungssaal. Aber Orvak hörte niemanden in seiner Nähe, spürte keine Bewegung. Der Tempel war verlassen und er konnte sich in Ruhe an die Arbeit machen.

Orvak marschierte zur Bühne und seine Schritte pochten über den Steinfußboden. Ja, das wäre der beste Platz, eine zentrale Stelle, wo die enorme Detonation von allen Seiten zurückgeworfen werden würde. Er riß sich die schweren Handschuhe von den Fingern, damit er mit den empfindlichen elektronischen Bauteilen hantieren konnte.

Er ging mit größter Vorsicht zu Werke, als er die übrigen sieben Hochenergie- Sprengladungen aus dem Rucksack zog und miteinander verband. Am Ende schloß er die Ladungen an einen zentralen Zeitzünder an und verteilte sie so in dem großen Vorlesungssaal, daß die Verbindungsdrähte wie die Speichen eines Rades erschienen.

Ja, es würde eine schöne Explosion geben.

Im Idealfall, wenn die Sprengladungen gleichzeitig hochgingen, würde die Explosion die Spitze des Tempels wie eine Vulkaneruption wegreißen. Die Schockwelle würde sich durch den Boden in die unteren Geschosse fortsetzen und die Wände nach außen drücken. Die ganze Pyramide würde in sich zusammenstürzen und nichts als einen Haufen Schutt zurücklassen – so wie es der alte Kasten verdiente.

Orvak wandte sich wieder der Zentraleinheit zu und kniete auf der blank polierten Bühne, während er an den Bedienungselementen herumfummelte. Mit selbstgefälliger Befriedigung weidete er sich an dem Gedanken, daß kein Rebell hier je wieder unterrichten würde. Keine künftigen Jedi-Ritter würden hier noch einmal die Philosophie der Rebellen lernen. In diesem Saal würden keine Siegesfeiern mehr stattfinden.

Bald wäre das alles vorbei.

Auf dem Boden kniend, tippte Orvak den Zündcode ein. Überall im Saal blinkten an den Sprengladungen grüne Lichter auf, signalisierten ihre Bereitschaft, den letzten Impuls zu empfangen. Orvak betrachtete lächelnd sein Werk und drückte auf die Taste mit der Aufschrift AKTIVIEREN. Der

Zeitzünder begann mit dem Countdown. Es blieb Orvak nicht mehr viel Zeit, die Jedi-Akademie zu verlassen.

Gerade als er sich aufrichten wollte, eine Hand noch auf dem Boden, sah Orvak aus den Augenwinkeln etwas, das sich bewegte ... etwas Glitzerndes und Irisierendes, beinahe Transparentes; es reflektierte von irgendwoher Licht.

Er zog seinen Blaster und blieb wachsam in der Hocke. »Wer ist da?« rief er.

Dann sah er es wieder, ein schimmerndes, geschwungenes Gebilde, das über die Bühne auf ihn zurutschte. Er verlor es gleich wieder aus den Augen.

Orvak feuerte mit dem Blaster und brannte ringsum Löcher in den Boden. Die Leuchtspuren von Energieblitzen umzischten ihn. Er stellte das Feuer ein und preßte sich auf die Bühne. Er konnte das schillernde unsichtbare Ding nicht mehr sehen und fragte sich, was es gewesen sein konnte. Irgendein Zaubertrick, ganz ohne Zweifel. Er hätte nicht so leichtsinnig sein dürfen – aber der Jedi würde ihn trotzdem nicht erwischen.

In diesem Moment spürte Orvak Schmerzen wie Nadelstiche, die seine Hand durchbohrten. Er schaute hin und sah Blut aus zwei punktgroßen Wunden in seiner Handfläche austreten – und den dreieckigen Kopf einer Art Natter, einer glasigen, kristallinen Schlange!

»He!« rief er.

Bevor er nach ihr schlagen konnte, ließ die Kristallschlange von ihm ab und kroch auf einen schmalen Riß in der Wand zu. Orvak sah ein letztes Funkeln, dann war das Ding verschwunden ...

Aber das kümmerte ihn nicht mehr, denn unversehens begann ihn eine warme Schläfrigkeit zu umnebeln. Der Schmerz des Schlangenbisses in seiner Hand verebbte zu einem dumpfen Pochen, und Orvak überlegte müde, daß ein langer Schlaf es nur besser machen konnte.

Unmittelbar neben dem Zeitzünder sackte er in einen tiefen Schlummer.

Der Countdown ging unerbittlich weiter.

15

Tenel Ka stand am Rande der imperialen Gefechtsplattform, ihre Muskeln angespannt, ihr Körper und ihre Reflexe bereit, auf alles zu reagieren.

Sie rollte ihr Faserseil ein, bevor sie es mit dem Enterhaken wieder an ihrem Gürtel befestigte. Dann hielt sie mit ihrem einen muskulösen Arm das Rancorzahn-Lichtschwert hoch und zündete es. Neben ihr stand dem riesigen Lowbacca das Fell zu Berge, und die geschürzten dunklen Lippen enthüllten seine Fangzähne. Der Wookiee hielt mit beiden Händen das knüppelartige Lichtschwert umfaßt, dessen Klinge wie geschmolzene Bronze schimmerte.

Überrascht, sich hier plötzlich Feinden gegenüberzusehen, marschierten die auf der Gefechtsplattform verbliebenen Sturmtruppler, die sich ihrer Sache sicher zu sein schienen, mit gezückten Blastern auf sie zu.

»Ach, du liebe Güte, Master Lowbacca«, jammerte MTD. »Vielleicht hätten wir diesen Angriff etwas gründlicher planen sollen.«

Lowie knurrte, aber Tenel Ka stand aufrecht mit unerschütterlichem Selbstvertrauen da. »Die Macht ist mit uns«, sagte sie. »Das ist eine Tatsache.«

Ein vereinzelter TIE-Jäger rauschte über sie hinweg und ließ

91

Protonenbomben in den Wald fallen. Der Lärm von Blasterfeuer dröhnte ihnen in den Ohren.

Auf dem erhobenen Kommandodeck der Gefechtsplattform
stand die Schwester der Nacht, Tamith Kai, in ihrem
schwarzen Umhang, wie ein Raubvogel, der sich das Gefieder
putzte. Sie drehte sich um, ihr nachtschwarzes Haar wand
sich vor statischer Elektrizität um ihren Kopf, und ein Hohn-
lächeln trat auf ihre Lippen. Tenel Ka und Lowie traten den
Sturmtrupplern drei mutige Schritte entgegen.

Einer der weiß gepanzerten Soldaten, den der Anblick der
beiden jungen Jedi-Ritter offensichtlich nervös machte, feuerte mit seinem Blaster – und Tenel Ka schwang ihre Energieklinge, um den tödlichen Blitz in den Himmel abzulenken.

Dann, als hätten sie sich abgesprochen, preschten sie und
Lowie mit einem lauten Aufschrei vor. Sie droschen mit ihren
Lichtschwertern so wild drauflos, daß die Sturmtruppler,
auch wenn sie eine Salve nach der anderen abfeuerten,
schnell den Überblick verloren. Lowie und Tenel Ka kämpften
sich durch ihre Reihen wie ein Wirbelwind.

Auf dem Kommandodeck trat Tamith Kai vor, um auf das
Scharmützel herunterzusehen. »Das Mädchen gehört mir«,
rief sie. »Ich werde ihr eigenhändig das Herz zerquetschen.«

Tenel Ka hieb noch einmal mit dem Lichtschwert zu und
schaltete einen weiteren angreifenden Sturmtruppler aus. Sie
wandte sich um. Ihr Herz pochte, aber ihr Atem ging ruhig
und gleichmäßig. Ihre Muskeln brannten. Sie war bereit für
diesen Kampf und vertraute auf ihre körperlichen Fähigkeiten. Sie würde den besten Kampf ihres Lebens führen.

»Der Rest der Sturmtruppler ist für dich, Lowie«, sagte sie
und sprang aufs Kommandodeck, um ihrer Nemesis zu begeg-
nen.

Der junge Wookiee gab mit einem Brüllen seine Bereitschaft zu erkennen, auch wenn MTD nicht halb so zuversichtlich klang. »Bitte seien Sie vorsichtig, Master Lowbacca. Größenwahn ist hier nicht angebracht.«

Die Sturmtruppler rückten vor, fünfzehn Mann gegen einen schlacksigen jungen Wookiee. Lowbacca war offenbar nicht der Meinung, daß seine Chancen schlecht standen.

Tenel Ka stand in stolzer Haltung vor der Schwester der Nacht und hielt ihr türkisblaues Lichtschwert vor sich hin. Sie erinnerte sich an das erste Mal, als sie die böse Frau überrascht und fast verkrüppelt hatte. »Na, wie geht's deinem Knie, Tenel Ka?«

Die violetten Augen der Schwester der Nacht funkelten, und sie schüttelte spöttisch den Kopf. »Warum ergibst du dich nicht gleich, meine Kleine?« sagte sie. »Du wirst meine Fähigkeiten kaum auf die Probe stellen können. Ha! Ein einarmiges Mädchen, das doch tatsächlich glaubt, sie könnte eine Bedrohung für mich darstellen.«

»Du redest zu viel«, sagte Tenel Ka. »Oder willst du deinen faulen Atem als Waffe gegen mich einsetzen?«

»Du hast dich zu lang mit diesen beiden Jedi-Gören herumgetrieben«, erwiderte Tamith Kai. »Du hast verlernt, diejenigen zu respektieren, die dir überlegen sind.« Die Schwester der Nacht schnippte mit den Fingern und ließ einen blauschwarzen Blitz auf das Kriegermädchen von Dathomir niederfahren.

»Ich sehe hier niemanden, der mir überlegen ist«, sagte Tenel Ka und wehrte den Blitz mit der Klinge ihres Lichtschwerts ab. Dann baute sie mit Hilfe der Macht ihre eigenen positiven Gedanken und Gefühle auf, in die sie sich wie in einen Schild hüllte. Die Schwester der Nacht wich verblüfft einen Schritt zurück.

Ein Deck tiefer schlug Lowbacca mit dem bronzefarbenen

Lichtschwert in der einen Hand zu, während er mit der anderen eine weiß gepanzerte Gestalt hochhob. Er schleuderte den Sturmtruppler auf drei weitere Angreifer, die daraufhin wie Kegel umpurzelten. Die imperialen Soldaten standen zu eng zusammen, um ihre Blaster zu benutzen. Sie schienen sich darauf verlegt zu haben, den wütenden Wookiee durch ihre schiere Überzahl niederzuringen.

Das war ihr großer Fehler.

Oben auf dem Kommandodeck umschlich die Schwester der Nacht ihre junge Kontrahentin mit amüsiertem Blick. Tenel Ka hielt ihr Lichschwert mit festem Griff und richtete den Blick ihrer granitgrauen Augen auf die violetten Pupillen ihrer Gegnerin.

Vom Himmel stürzten TIE-Jäger herab, die mehr an dem Duell auf der Gefechtsplattform als an ihren eigenen Kampfeinsätzen interessiert zu sein schienen.

Die Schwester der Nacht krümmte die Hände, und in jeder Handfläche knisterte ein blauer Kugelblitz, der ständig an Energie gewann. Tenel Ka wußte, daß sie den Augenblick, den die Schwester der Nacht zur Konzentration benötigte, für einen Überraschungsangriff nutzen mußte.

Tamith Kai stand fast am Rand des oberen Kommandodecks, während Lowie und die Sturmtruppler ein Geschoß tiefer weiter miteinander kämpften. Die Schwester der Nacht hob die Hände. An ihren Fingerspitzen knisterte böses Feuer und wartete darauf, freigesetzt zu werden.

Tenel Ka täuschte mit ihrem Lichtschwert einen Hieb vor, ehe sie ohne jede Vorwarnung mit Hilfe der Macht eine unsichtbare Hand ausstreckte. Sie versetzte der Schwester der Nacht einen Stoß, der ausreichte, um sie über die Kante stolpern zu lassen. Mit einem wilden Aufschrei kippte Tamith Kai rücklings um. Blaue Blitze zuckten nutzlos in den Himmel und verfehlten knapp einen schwer bewaffneten TIE-Jäger, der über sie hinwegschoß.

Die Schwester der Nacht landete zwischen den Sturmtrupplern und Lowbacca, der sie anknurrte. Sturmtruppler fielen über den Wookiee her und versuchten ihn niederzuringen, aber Tamith Kai reagierte blind ihre Wut ab und sprengte sie auseinander.

Vom Kommandodeck blickte Tenel Ka in den Himmel, als sich lauter Turbinenlärm näherte – und sah einen TIE-Jäger heranfliegen, der seine Laserkanonen geradewegs auf sie gerichtet hatte! Gleißende Energieblitze wurden abgefeuert und schmolzen Löcher in die Stahlplatten unter ihren Füßen.

Das Kriegermädchen tanzte von einer Seite zur anderen und nutzte ihre innere Übereinkunft mit der Macht, um jeden Einschlagpunkt vorauszuahnen. Die hochenergetischen Blitze waren zu stark, um sie einfach mit einem Lichtschwert abwehren zu können. Sie stand ganz allein und ohne Deckung da – ein ideales Ziel.

Tenel Ka faßte einen grimmigen Entschluß. Als der imperiale Jäger über sie hinwegtoste, verfolgte sie seine Flugbahn mit dem Lichtschwert und schätzte die richtige Wurfrichtung ab. Der Pilot bekam nicht mit, wie sie ihm die Rancorzahnwaffe hinterherschleuderte.

Sie hatte viel Zeit darauf verwendet, ihre Zielsicherheit zu üben, hatte bei jeder Gelegenheit mit Speeren und Messern geworfen und nie ihr Ziel verfehlt. Aber hier war die Zeit knapper und die Entfernung größer. Dennoch zweifelte sie nicht an ihren Fähigkeiten.

Der Pilot riß den TIE-Jäger nach oben und fuhr eine weite Schleife, ehe er zum letzten Angriff heranflog.

Ihr Lichtschwert rotierte durch die Luft, und in einem grellen, türkisgrünen Aufblitzen traf es die Flanke des TIE-Bombers. Es trennte zwar keines der Energieaggregate ab, wie sie gehofft hatte, köpfte aber einen der Stabilisatoren und schlug ein Loch in den Rumpf des Bombers. Ihr Lichtschwert ging glatt hindurch, dann fiel es dem Dickicht des Dschungels nah dem Flußufer entgegen.

Außerstande artikuliert zu sprechen, sprang die Schwester der Nacht mit einem rachedurstigen Schrei auf das Kommandodeck zurück. Ihr schwarzer Umhang flatterte wie die Flügel eines Raben, der zum Töten herabstürzt. Tamith Kais Augen glühten vor Zorn violett.

Als sie das einarmige Mädchen ganz allein und ohne ihr Lichtschwert vor sich stehen sah, fing die Schwester der Nacht an zu lachen. Ihr tiefes, gutturales Kichern triefte vor Hohn. »Und jetzt stehst du ganz *armselig* da«, spöttelte Tamith Kai und sah auf Tenel Kas Armstumpf. »Du verschwendest meine Zeit, Kind. Warum ersparst du uns nicht beiden den Ärger und legst dich einfach zum Sterben hin?«

Tenel Ka starrte die Schwester der Nacht kühl an, trat einen Schritt vor und wirkte nicht im mindesten eingeschüchtert. »Ich bin jetzt vielleicht unbewaffnet«, sagte sie, »aber ganz ohne Waffe bin ich nie.«

Sie hatte es kaum ausgesprochen, da schnellte ihr linker Fuß vor, schwang herum und erwischte Tamith Kai an der Wade. Im selben Moment rammte Tenel Ka der Schwester der Nacht eine Handfläche vor die Brust und schleuderte sie so rücklings aufs Deck. Sie hörte die Sturmtruppler panisch aufschreien – dann näherte sich aus dem Himmel das rasselnde Heulen eines angeschlagenen TIE-Bombers. Tenel Ka blickte kurz hoch und reagierte instinktiv.

Dem TIE-Jäger, den sie mit dem Lichtschwert getroffen hatte, war es irgendwie gelungen, in einer Schleife zurückzufliegen – obwohl sein Heckbereich inzwischen in Flammen stand. Völlig außer Kontrolle taumelte und torkelte das schrottreife Schiff auf die Gefechtsplattform zu.

Tenel Ka konnte vage das Entsetzen des Piloten spüren. Er wußte nicht, was er tun sollte, und sah die Plattform als seine letzte Chance an, eine Notlandung zu bewerkstelligen. Aber die Geschwindigkeit seines Absturzes und der völlige Mangel an Manövrierfähigkeit ließen für Tenel Ka keinen Zweifel, daß eine Landung unmöglich war.

Die Schwester der Nacht, die nichts anderes mehr als ihre eigene Wut im Sinn hatte, streckte eine klauenartige Hand aus, um Tenel Ka am Knöchel zu packen. Die dunkle Frau bemerkte die drohende Gefahr nicht einmal.

Tenel Ka konnte keine Zeit mit einem Kampf gegen sie verschwenden. Sie riß ihren Fuß los und sprang über die schwarz gewandete Schwester der Nacht hinweg, um unter den Sturmtrupplern neben Lowie zu landen.

Die Sturmtruppler hatten allerdings schon den abstürzenden TIE-Bomber bemerkt und krabbelten vom Deck.

»Lowbacca, wir müssen sofort verschwinden«, sagte Tenel Ka und packte seinen haarigen Arm.

Er brüllte und MTD stimmte ein. »In der Tat. Ich glaube, das ist ein höchst vernünftiger Vorschlag.«

Tenel Ka und Lowbacca liefen an den Rand der schwebenden Plattform und sahen auf den trägen Fluß und die über seine Ufer ragenden Dschungelbäume hinab.

Oben auf dem Kommandodeck bemerkte Tamith Kai endlich die nahende Katastrophe, als die Turbinen des TIE-Bombers zu stottern begannen. Brüllend befahl die Schwester der

Nacht dem Piloten der Gefechtsplattform, den Repulsoran-
trieb zu starten, um dem Zusammenstoß auszuweichen.

Es hatte keinen Sinn mehr.

Lowie und Tenel Ka sprangen von Bord und hofften auf eine
sichere Landung.

Hinter ihnen krachte der TIE-Bomber in die Gefechtsplattform der Schatten-Akademie und explodierte sofort. Seine gesamte Ladung an Explosivstoffen ging mit den Triebwerken
hoch und riß ein riesiges Loch in die Gefechtsplattform.

Gepanzerte Platten flogen wie metallische Schneeflocken in
alle Richtungen. Eine Rauch- und Flammensäule schoß in den
Himmel, und die schwerfällige Gefechtsplattform sackte äch-
zend und polternd ab.

Die Masse undefinierbarer Wrackteile explodierte noch
viele Male, ehe sie in den Fluß stürzte ...

16

Laserschüsse der TIE-Jäger, die ihr auf den Fersen waren, trafen das imperiale Schiff, das Jaina gestohlen hatte. Ein Schuß
knisterte über die Ecke eines hexagonalen Energieaggregats
und ließ einen Funkenschauer aufstieben.

Sie hatte alle Hände voll zu tun, die Kontrolle über ihr
Schiff zu bewahren, das zu rotieren begann. Sie verlor Energie, schoß aber, angetrieben von den schallgedämpften Turbinen, immer noch voran. Diese Triebwerke waren für geheime
Einsätze konstruiert worden – nicht für Höchstgeschwindig-
keiten. Die wütenden TIE-Jäger hinter ihr verkürzten den Abstand immer mehr.

Jaina flog ein verzweifeltes Ausweichmanöver, riß die Maschine nach oben, dann wieder nach unten, tauchte in die Baumwipfel ein und schoß dann wieder dem Himmel entgegen, in der Hoffnung, die imperialen Piloten würden einen Fehler machen – gegen einen Baumstamm fliegen, miteinander kollidieren oder sonst etwas.

Sie hatte kein Glück.

Die drei Verfolger feuerten jetzt aus kürzester Entfernung und Jaina mußte einen letzten Trick versuchen. Ihre geistige Behendigkeit, die ihr das Jedi-Training verliehen hatte, ermöglichte ihr, den TIE-Jäger wie eine Kugel rotieren zu lassen, so daß sie einen Moment später ihren Verfolgern nicht mehr davonraste, sondern auf sie zu! Der Abstand war in Sekundenbruchteilen überwunden. Jaina blieb nur Zeit für einen einzigen Schuß.

Und den wollte sie nicht vergeuden.

Der Schuß aus ihrer Laserkanone schrammte die Unterseite eines der TIE-Jäger entlang, trennte seine Steuerruder ab und beschädigte die luftdichte Versiegelung des Cockpits. Der Pilot rutschte durch das Loch und stürzte auf den Dschungel zu.

Jaina rauschte zwischen den beiden anderen TIE-Jägern hindurch und flog so weit wie möglich in die entgegengesetzte Richtung. Ihre Gegner rissen ihre Maschinen herum, brauchten zwar etwas länger, um in der Luft eine 360°-Wende zu vollführen, setzten ihr aber Sekunden später wieder mit vollem Tempo nach.

Jaina ließ ihren Blick über das Steuerpult fliegen, suchte nach etwas, das ihr helfen konnte, eine geheime Waffe, über die dieser TIE-Jäger vielleicht verfügte. Sie bezweifelte aber, ob sie irgend etwas finden würde, dem ihre Verfolger nichts entgegensetzen konnten.

Dann blieb ihr Blick an einem Knopf hängen: DOPPEL-

IONENTURBINEN-DÄMPFUNG. Mit einem Mal wurde ihr klar, daß dieser Schalter die schallgedämpften Triebwerke ihres Jägers, die sie bisher benutzt hatte, um die Leistung der normalen TIE-Turbinen erweitern würde.

Ohne zu zögern drückte sie den Knopf heraus und deaktivierte damit die Dämpfung – und mit einem Aufheulen von Energie machte der TIE-Jäger einen Satz nach vorn. Die Beschleunigung preßte sie in den Sitz und verzerrte ihr Gesicht zu einer Grimasse. Das Schiff schoß mit einer solchen Kraft voran, wie sie Jaina noch nie erlebt hatte.

Wenn sie den Abstand genügend vergrößern und es in den Orbit schaffen konnte und dann auf der anderen Seite des Dschungelmonds verschwinden würde, konnte sie für eine Weile die Turbinen ausschalten und in den freien Raum hinaustreiben. Die Tarnbeschichtung ihres Schiffspanzers wäre ein enormer Vorteil. Wenn sie einmal außer Sicht war, konnte sie ihr Schiff unsichtbar machen ... und wäre gerettet.

Während sie die Beschleuniger des Schiffs einschaltete, mußten ihre Hände gegen die zunehmende Gravitation ankämpfen. Jaina neigte das Schiff nach hinten und flog auf geradem Wege durch die Atmosphäre in den Weltraum hinaus.

Das verbliebene Paar imperialer Jäger raste ihr nach. Jaina wußte nicht, ob es ihr die Beschleuniger erlauben würden, sehr viel schneller zu fliegen, als es einem TIE-Jäger bei normaler Leistung möglich war, aber sie wußte, daß sie den Abstand um jeden Preis vergrößern und alle ihre Fähigkeiten einsetzen mußte.

Die Atmosphäre dünnte zu einem blassen Violett aus, das dann dem Mitternachtsblau des Weltraums wich. Zu ihrem Entsetzen sah sie, daß die TIE-Jäger den Abstand wieder verkürzt hatten, nicht so sehr wie vorhin, aber auf Sichtweite. Ihr

Plan würde nicht funktionieren – sie konnte ihnen unmöglich entkommen und in der lautlosen Dunkelheit untertauchen. Die Tarnbeschichtung war jetzt nutzlos.

Sie fragte sich, ob sie ein weiteres Duell riskieren sollte. Es bestand immer noch die geringe Chance, beide imperialen Schiffe auszuschalten, bevor sie von ihnen erwischt wurde ... aber sie bezweifelte, daß es ihr gelingen würde.

Sie war erledigt.

In diesem verzweifelten Augenblick sah Jaina ein Schimmern in der Dunkelheit, als neue Schiffe aus dem Hyperraum auftauchten – Verstärkung! Kriegsschiffe der Neuen Republik! Ihr Herz vollführte einen Sprung. Es war eine kleine Flotte, aber gut bewaffnet und bereit, es mit der Schatten-Akademie aufzunehmen. Der Notruf ihres Bruders mußte durchgedrungen sein.

Mit einem erleichterten Aufschrei korrigierte Jaina den Kurs und schoß wie ein Projektil geradewegs auf die Flotte corellianischer Schlachtschiffe und Korvetten zu, der schnellste Zusammmenschluß, den die Neue Republik zur Verteidigung der Jedi-Akademie hatte abstellen können.

Ihr gestohlener TIE-Jäger vibrierte, als sie die Beschleuniger über den roten Bereich hinaus ausfuhr. Sie verlor immer noch Energie aus dem beschädigten Seitenaggregat. »Komm schon, komm schon«, sagte Jaina und biß sich auf die Lippe. Das Schiff mußte nur noch ein paar Sekunden durchhalten. Nur ein paar Sekunden ...

Die vorderste corellianische Korvette rückte immer näher. Aber die feindlichen TIE-Jäger holten auf und schossen immer noch.

Jaina flog waghalsige Ausweichmanöver, bis sie schließlich in Reichweite der Schiffe der Neuen Republik war. Sie begannen hochenergetische Turbolaserstrahlen auf sie abzufeuern, die so nah an ihrem Schiff vorbeischrammten, daß ihr die gleißenden Lichtblitze in den Augen brannten.

Jaina brauchte einige Sekunden, um zu begreifen, daß die Schlachtschiffe auf *sie* schossen!

Sie begriff sofort, wie dumm sie gewesen war. Sie raste hier in einem imperialen Schiff auf die Flotte zu und wurde in knappem Abstand von zwei weiteren TIE-Jägern verfolgt, die aus Laserkanonen feuerten. Für einen Außenstehenden mußte es so aussehen, als würden die drei imperialen Schiffe gemeinsam einen Kamikaze-Angriff fliegen.

Sie langte nach dem Komsystem, schaltete einen freien Kanal ein und sendete mit maximaler Energie. »An die Flotte der Neuen Republik – nicht schießen, bitte nicht schießen! Hier ist Jaina Solo. Ich habe einen imperialen Jäger gekapert.«

Weitere Schiffe tauchten neben ihr auf, schwer bewaffnete, zusammengeflickte Schiffe, die das Zeichen der Gemmentaucher-Station trugen, Lando Calrissians Förderanlage für Corusca-Gemmen, die im Orbit des Gasriesen Yavin kreiste.

»Jaina Solo?« hörte sie Landos Stimme über das Komsystem. »Was machst du hier draußen, kleine Lady?«

»Ich werde bald zu Sternenstaub, wenn Sie sich nicht um die beiden TIE-Jäger kümmern, die mir auf den Fersen sind!«

Admiral Ackbars Stimme sprach dazwischen. »Wir haben sie bereits im Visier«, sagte er. »Keine Angst, Jaina Solo.«

»Ich sitze in dem *vorderen*«, erinnerte sie die anderen nervös. »Treffen Sie nicht den falschen TIE-Jäger! Also, worauf warten Sie noch?«

Eine wahre Flut von Turbolaserstrahlen umwob Jaina mit einem so dichten Muster, daß der leere Raum sich in ein Netz tödlichen Laserfeuers verwandelte. Dutzende von Lasersalven wurden von den corellianischen Schlachtschiffen und Lando Calrissians Privatflotte abgefeuert. Binnen Sekunden hatten sich die beiden TIE-Jäger in nichts aufgelöst, und Jaina gab einen langen, erleichterten Seufzer von sich.

Admiral Ackbar sendete ein Signal von der vordersten Korvette, das sie in die erste Andockbucht geleitete. »Bitte kommen Sie an Bord, Jaina Solo«, sagte er. »Wir bieten Ihnen Zuflucht, solang wir gegen die Schatten-Akademie kämpfen. Wir halten das für die beste Möglichkeit, um Personal von der Oberfläche zu schützen.«

»Hört sich gut an«, sagte Jaina. »Aber sobald sich die Lage geklärt hat, will ich wieder runter, um an der Seite meines Bruders und meiner Freunde zu kämpfen.«

»Wenn wir gute Arbeit leisten«, erwiderte Ackbar, »wird es nicht mehr viel zum Kämpfen geben.«

Als Jaina nach dem Andocken aus dem gestohlenen TIE-Jäger stieg, war sie schweißgebadet und froh, das imperiale Schiff hinter sich zu lassen. Sie empfand kein großes Verlangen mehr, in einem dieser Schiffe zu fliegen. Ihre erste Erfahrung war sehr aufregend gewesen, aber nicht unbedingt eine, die sie wiederholen wollte.

Während sie einige der Soldaten der Neuen Republik begrüßte, fuhr sich Jaina mit den Fingern durchs lange, glatte braune Haar und lief zu einem Turbolift. Als sie auf der Brücke eintraf, trat sie an Admiral Ackbars Seite und sah zu, wie die Flotte die unheimliche stachelige Station angriff.

Kriegsschiffe der Neuen Republik deckten das Trainingszentrum der Dunklen Jedi im Orbit über Yavin 4 mit Energiesalven ein. Die kraftvollen Schilde der Schatten-Akademie hielten stand, aber das unablässige Bombardement forderte seinen Tribut.

Lando Calrissians Schiffe rückten nach und verstärkten das Feuer. Der gemeinsame Angriff würde die Schatten-Akademie sicher bald zerstören, dachte Jaina.

Ackbar sendete einen Funkspruch. »An die Schatten-Akademie. Ergebt euch und laßt uns an Bord.«

Jaina blieb nicht viel Zeit sich zu entspannen. Die Schatten-Akademie machte sich nicht die Mühe, ihnen zu antworten, und einer der taktischen Offiziere rief plötzlich: »Admiral Ackbar, wir haben gerade eine Instabilität im Hyperraum geortet, auf der Steuerbordseite. Es scheint eine ganze ...«

Als Jaina auf den Sichtschirm blickte, erschien eine Ansammlung furchterregender imperialer Schiffe, Sternzerstörer, die so aussahen, als seien sie hastig zusammengebaut und modifiziert worden. Wie hastig auch immer, ihre Waffen waren neu und tödlich.

»Wo kommt denn *die* Flotte her?« kreischte Lando über den Komkanal.

Ein imperiales Schiff nach dem anderen erschien, eine vollständige, vollbewaffnete Streitmacht, die dem Zweiten Imperium verpflichtet war. Noch bevor sie sich formiert hatten, eröffneten die imperialen Schiffe das Feuer auf die Flotte der Neuen Republik. »Schilde hoch!« befahl Admiral Ackbar. Er wandte sich Jaina zu und seine runden Fischaugen kullerten beunruhigt hin und her. »Sieht so aus, als würden wir doch noch in Schwierigkeiten geraten«, sagte er.

17

Luke Skywalker erreichte die Massassi-Ruine, einen Turm aus verwitterten Steinblöcken am anderen Ufer des Flusses, der als Tempel der Blaublattbüsche bekannt war. Er kam allein und hoffte verhandeln zu können; dennoch war er auch bereit zu kämpfen.

Dies war der Ort, den Brakiss für ihr Treffen, ihre Konfrontation, ausgesucht hatte ... oder für ihr *Duell*, wenn es dazu kam.

Luke lauschte den Geräuschen des Dschungels: dem Schnattern der Tiere im Unterholz, den Vögeln in den Kletterpflanzen über ihm – und den Explosionen von imperialen Jägern am Himmel. Es mißfiel ihm sehr, allein hier zu sein, wo er doch in diesem Moment seinen Studenten zur Seite stehen und ihnen helfen könnte, die Streitkräfte der Dunklen Seite abzuwehren.

Aber Luke hatte eine dringendere Aufgabe, eine wichtigere – er mußte dem Anführer dieser Dunklen Jedi gegenübertreten, einem Mann, der einmal sein eigener Student gewesen war.

Zweige teilten sich in einem Dickicht neben den behauenen Steinsäulen. Ein Mann trat hervor und bewegte sich dabei, als bestünde er aus Quecksilber, wie ein geschmeidiger, fließender Schatten. Sein perfekt geschnittenes, skulpturenhaftes Gesicht lächelte. »Na also, Luke Skywalker, mein einstiger Jedi-Meister – ich hoffe, Sie sind gekommen, um sich mir zu unterwerfen, um meine überlegenen Fähigkeiten anzuerkennen.«

Luke erwiderte das Lächeln nicht. »Ich bin gekommen, um mit dir zu reden, wie du mich gebeten hast.«

»Ich fürchte, reden wird nicht reichen«, sagte Brakiss. »Sehen Sie meine Schatten-Akademie am Himmel? Die Schlachtflotte des Zweiten Imperiums ist soeben eingetroffen. Sie haben keine Chance, den Sieg zu erringen, trotz Ihrer dürftigen Verstärkung. Schließen Sie sich uns jetzt an und beenden Sie das Blutvergießen. Ich weiß, über welche Kräfte Sie gebieten könnten, Skywalker, wenn Sie sich auf die Mächte einlassen würden, die Sie bisher von sich gewiesen haben.«

Luke schüttelte den Kopf. »Gib dir keine Mühe, Brakiss. Deine Worte und deine düsteren Verlockungen haben keine Wirkung auf mich«, sagte er. »Du bist einmal *mein* Student gewesen. Du hast die Helle Seite und ihre Befähigung zum Guten kennengelernt – und doch bist du wie ein Feigling vor ihr davongelaufen. Aber es ist noch nicht zu spät. Du kannst mit mir kommen. Gemeinsam können wir herausfinden, wie viel Licht noch in deinem Herzen verblieben ist.«

»Es gibt kein Licht in meinem Herzen«, erwiderte Brakiss. »Doch ich bin nicht hergekommen, um mit Ihnen zu plaudern. Wenn Sie nicht so vernünftig sind zu kapitulieren, muß ich Sie besiegen und den Rest Ihrer Jedi-Akademie mit Gewalt einnehmen.« Er zog ein Lichtschwert aus dem silbernen Ärmel seines Umhangs. Lange Stacheln wie Klauen umkränzten die Energieklinge, die ausgefahren wurde, als er den Knopf drückte. Brakiss seufzte auf. »Was ist das doch für eine Verschwendung ...«

»Ich werde nicht mit dir kämpfen«, sagte Luke.

Brakiss zuckte die Achseln. »Wie Sie wünschen. Dann werde ich Sie eben einfach niedermachen. Das macht es für mich nur leichter.« Er trat vor und schwang seine Klinge.

Im letzten Augenblick schalteten sich Lukes Reflexe ein und er nutzte ein wenig von der Energie, die ihm die Macht verlieh, um seinen Sprung zu unterstützen. Er landete mit gespreizten Beinen, ging in die Hocke und zog sein eigenes Lichtschwert vom Gürtel an seiner Hüfte. »Ich werde mich verteidigen, Brakiss«, sagte er, »aber es gibt so viel, das du hier in der Jedi-Akademie lernen könntest.«

Brakiss lachte höhnisch. »Und wer wird es mir beibringen – Sie etwa? Ich betrachte Sie nicht mehr als einen Meister, Luke Skywalker. Es gibt so viel mehr, wozu Sie nicht imstande sind. Sie glauben, *ich* sei schwach, weil ich vor Beendigung meiner Ausbildung von hier fortgegangen bin? Was wissen Sie schon? Sie haben Ihre Ausbildung selbst nicht beendet. Eine kurze Zeit mit Obi-Wan Kenobi, bevor Darth Vader ihn umbrachte, dann eine kurze Zeit mit Meister Yoda, bevor Sie ihn verließen … Sie sind sogar der wahren Größe nahe gekommen, als Sie dem wiedererweckten Imperator dienen wollten – und dann haben Sie den Schwanz eingezogen. Sie haben *nie* etwas zu Ende gebracht.«

»Ich leugne es nicht«, sagte Luke und hielt sein Lichtschwert in einer Abwehrposition. Ihre Klingen berührten sich mit einem knisternden Geräusch. Brakiss verzog das Gesicht zu einer wütenden Grimasse, als er nachsetzte, aber Luke parierte den Angriff.

»Sie haben gelehrt, ein Jedi zu werden, sei eine Reise zu sich selbst«, sagte Brakiss. »Ich habe diese Reise zu mir selbst weitergeführt, seit ich von hier fortgegangen bin. Ich habe Ihre Lehre hinter mir gelassen, aber ich habe sehr, *sehr* viel mehr entdeckt. Meine Reise zu mir selbst ging weiter als Ihre, Luke Skywalker, weil Sie viele wichtige Türen zu sich selbst verschlossen haben.« Er hob die Augenbrauen und seine Augen funkelten herausfordernd. »*Ich* habe hinter diese Türen gesehen.«

»Eine Person, die sich freiwillig in eine tödliche Gefahr begibt, ist nicht tapfer«, sagte Luke, »sondern ein Dummkopf.«

»Dann sind Sie ein Dummkopf«, sagte Brakiss. Er schwang sein Lichtschwert knapp über dem Boden, in der Absicht, Lukes Beine auf Kniehöhe zu durchtrennen – aber Luke senkte selbst sein Schwert, ging in die Offensive über und trieb seinen Gegner mit einer Serie von Hieben zurück. Der silbrige Umhang des Dunklen Jedi umflatterte ihn wie die Flügel eines Nachtvogels.

»Du kannst nicht gewinnen, Brakiss«, sagte Luke.

»Passen Sie auf«, rief der Meister der Schatten-Akademie. Er griff jetzt mit größerer Vehemenz an, ließ seinem Zorn freien Lauf, so daß die Gewalt seiner Schläge mit jedem Hieb zunahm.

Aber Luke blieb innerlich ruhig, während er sich verteidigte. »Spür die Ruhe, Brakiss«, sagte er. »Laß dich von der Sanftheit durchströmen ... friedlich und voller Harmonie.«

Brakiss lachte bloß. Sein makelloses blondes Haar war durcheinander und naß von Schweiß. »Skywalker, wie oft werden Sie noch versuchen mich umzudrehen? Noch nachdem ich Ihrer Ausbildung entflohen bin, verfolgen Sie mich. Merken Sie es nicht, wenn Sie verloren haben?«

»Ich erinnerte mich an unsere Auseinandersetzung in der Droidenfabrik auf Telti«, sagte Luke. »Du hättest dich mir damals anschließen können – und du kannst es immer noch.«

Brakiss tat es mit einem Schnauben ab. »Diese Ereignisse bedeuten mir nichts, eine Verwirrung, bevor ich meine wahre Berufung entdeckt habe – den Aufbau der Schatten-Akademie.«

»Vielleicht solltest du nach einer wirklichen Berufung suchen«, sagte Luke. Er hielt sein Lichtschwert schräg, um erneut Brakiss' Angriff abzuwehren.

Daraufhin versuchte es Brakiss mit einer anderen Taktik und wirbelte herum. Statt Luke direkt anzugreifen, hieb er auf eine der großen Tempelsäulen ein, einen mit antiken Sith-Symbolen und Massassi-Inschriften behauenen Marmorpfeiler. Der Schlag ließ Funken aufsprühen, und das Lichtschwert trennte die Säule vollständig durch. Die Schwerkraft, die Last von Kletterpflanzen und die auf ihr ruhenden Steine machten sie instabil.

Luke duckte sich weg, als die Säule auseinanderbrach. Der Sturz über dem Eingangsportal des Tempels krachte herunter. Steine und Äste kippten von einer Seite zur anderen und Steinsplitter flogen in alle Richtungen – aber Luke tanzte aus dem Weg und entging einer Verletzung.

»Sie scheinen ziemlich leichtfüßig zu sein, Skywalker«, sagte Brakiss.

»Und du scheinst etwas gegen alte Tempel zu haben«, sagte Luke. Er kletterte über den Schutt, keuchte im sich setzenden Staub, dann geriet er wieder mit Brakiss aneinander. »Vielleicht solltest du mal nachfragen, wie es deinen Dunklen Jedi ergeht. Meine Studenten wehren sie an allen Fronten ab.«

Er hörte, wie im Dschungel die Schlacht weiterging und sehnte sich danach, seinen Rekruten wieder beistehen zu können. Das Zusammentreffen mit seinem früheren Studenten hielt ihn nur von wichtigeren Dingen ab; es führte zu nichts. »Das reicht jetzt, Brakiss. Entweder du ergibst dich jetzt oder ich werde dich besiegen müssen, denn auf mich warten noch andere Aufgaben. Ich muß mich wieder der Verteidigung meiner Jedi-Akademie widmen.«

In Brakiss' sonst so ruhigen und gelassenen Augen flackerte eine Spur von Unsicherheit auf, als Luke vorpreschte, diesmal in der Absicht zu gewinnen. Luke drosch erneut mit dem Lichtschwert zu, verlor für keinen Moment sein Ziel aus dem Auge, ließ sich nicht von seinem Zorn übermannen und tat nur, was zum Erreichen seines Ziels nötig war.

Der Meister der Schatten-Akademie verteidigte sich, und Luke sah seine Chance zum Gegenschlag. Er änderte sein Vorgehen nur geringfügig und zielte nicht auf die Energieklinge selbst. Er hätte sein Schwert in geringer Höhe herumschwingen und seinem früheren Studenten die Hand abtrennen können, so wie es Darth Vader mit ihm gemacht hatte – aber Luke wollte Brakiss nicht auf eine solche Weise verstümmeln. Er brauchte nur seine Waffe zu beschädigen.

Er traf mit seinem Lichtschwert knapp über Brakiss' Handgriff, unmittelbar unter dem Ansatzpunkt des Energiestrahls und über den knöchernen Auswüchsen des Griffs. Die oberen beiden Zentimeter des stachelbewehrten Endes von Brakiss' Lichtschwert sprühten Funken und verwandelten sich in eine rauchende, zerschmelzende Masse.

Brakiss kreischte und ließ sein blitzendes Lichtschwert zu Boden fallen, wo es nutzlos vor sich hin schwelte, nun keine Waffe mehr, sondern bloß ein Haufen von Einzelteilen ... von denen keines funktionierte.

Der Meister der Schatten-Akademie hob die Hände und wich zitternd zurück. »Bitte töten Sie mich nicht, Skywalker! Bitte töten Sie mich nicht!«

Das Entsetzen in Brakiss' Gesicht schien in keinem Verhältnis zu der Bedrohung zu stehen. Eigentlich mußte dem Dunklen Jedi doch klar sein, daß Luke Skywalker nicht der Typ war, der einen unbewaffneten Feind kaltblütig niedermachte. Brakiss krallte sich an seinen Umhang und fummelte an den Knöpfen herum.

Luke trat mit ausgestrecktem Lichtschwert auf ihn zu. »Du bist jetzt mein Gefangener, Brakiss. Es ist Zeit für uns, diese Schlacht zu beenden. Befiehl deinen Dunklen Jedi, daß sie sich zurückziehen sollen.«

Brakiss ließ seinen Umhang fallen und enthüllte einen Overall und ein Repulsorpack. »Nein. Ich habe noch etwas zu erledigen«, sagte er und zündete die Repulsorjets.

Luke wurde fassungslos Zeuge, wie Brakiss außer Reichweite in den Himmel emporschoß. Der Lehrer der Dunklen Jedi mußte mit seinem Schiff irgendwo in der Nähe gelandet sein, erkannte Luke jetzt, und er begab sich zweifellos sofort zurück zur Schatten-Akademie.

Mißmutig mußte Luke zusehen, wie ihm sein abtrünniger Student ein weiteres Mal entkam – geschlagen, doch weiterhin imstande, Schwierigkeiten zu machen.

Der Schmerz des Verlustes überschwemmte Lukes Gedanken, so frisch wie an dem Tag, als Brakiss aus der Jedi-Akademie geflohen war. »Brakiss, es ist mir wieder nicht gelungen, dich zu retten«, stöhnte er.

Der andere schrumpfte zu einem kleinen Punkt am Himmel und verschwand.

18

Im Weltraum feuerte die Flotte des Zweiten Imperiums aus allen Geschützen.

»Alle auf die Gefechtsstationen!« brüllte Ackbar. Der calamarianische Admiral gestikulierte mit seinen Flossenhänden. »Schilde hoch! Macht euch bereit, das Feuer zu erwidern!«

Die beiden vordersten modifizierten Sternzerstörer preschten vor und ihre Turbolaserbatterien blitzten auf. Grellgrüne Lichtkeile schossen auf Ackbars Flaggschiff zu.

Jaina stand neben dem calamarianischen Admiral und preßte die Lider aufeinander, als die blendenden Lichtblitze an ihren vorderen Schilden zerschellten. »Das Zweite Imperium muß im geheimen eine Flotte aufgebaut haben«, sagte sie. »Diese Schiffe sehen so aus, als seien sie übereilt zusammengebaut worden.«

»Aber sie sind trotzdem höchst gefährlich«, sagte Ackbar und nickte ernst. »Jetzt weiß ich auch, warum sie diese Hyperantriebskerne und die Turbolaserbatterien gestohlen haben, als sie die *Adamant* überfielen.« Er wandte sich seinen Kommunikationssystemen zu und schnauzte mit grimmiger Stimme Befehle in die Mikros. »Feuert nicht mehr auf die Schatten-Akademie. Diese Ausbildungsstation ist eine geringere Bedrohung als die neuen Schlachtschiffe. Konzentriert euch auf die imperialen Sternzerstörer.«

Die Waffenoffiziere auf ihren Kommandostationen schrien entsetzt und verwirrt auf. »Sir, unsere Zielmuster stimmen nicht überein! Diese Schiffe senden die ID-Signale von Verbündeten. Wir können nicht feuern.«

»Was?« fragte Ackbar. »Aber wir können die Sternzerstörer doch *sehen*.«

»Ich weiß, Admiral«, rief der taktische Offizier. »Aber unsere Computer wollen nicht feuern – sie glauben, es handele sich um Schiffe der Neuen Republik. Das ist in ihrer Programmierung so vorgegeben.«

Mit einem Male ging Jaina auf, was hier gespielt wurde. »Sie haben bei ihrem Überfall auf Kashyyyk Einsatzcodes und taktische Computersysteme gestohlen! Die Imperialen müssen sie in ihre eigenen Schiffe eingebaut und installiert haben, um unsere Geschützcomputer zu verwirren. Wir müssen unsere Zielmuster ändern, sonst können wir nicht feuern. Die Systeme, die Freunde von Feinden unterscheiden sollen, würden es verhindern.«

Lando Calrissian hatte auf dem offenen Kanal zugehört; seine Stimme dröhnte nun aus dem Komgerät. »Da meine Schiffe von der Gemmentaucher-Station andere Computer verwenden, schätze ich, daß wir die erste Runde bestreiten sollten.«

Landos zusammengewürfelte Flotte unabhängiger Schiffe zog sich von allen Seiten um die Sternzerstörer zusammen und brannte ein auf einzelne Punkte konzentriertes Sperrfeuer von Protonentorpedos ab, um die Gesamtstärke der Schilde zu beeinträchtigen.

»Ein kleiner Trick, den ich mir abgeguckt habe«, erklärte Lando über das Komgerät, während Jaina an Ackbars Seite zusah. »Das Ganze erinnert mich an die Schlacht von Tanaab.« Dann gab er einen Triumphschrei von sich, als eine weitere Torpedosalve detonierte, zwei der Torpedos die Schilde durchdrangen und eine weiß glühende Flammenkette an der Flanke eines Sternzerstörers zurückließen. Landos Flotte feuerte unaufhörlich weiter, aber jetzt begannen die Imperialen die kleineren Schiffe aufs Korn zu nehmen und ließen von Ackbars Flaggschiff ab.

»Admiral!« rief Jaina. »Wenn das Zweite Imperium so klug ist, uns mit unseren eigenen Computern auszutricksen, können wir den Spieß dann nicht einfach umdrehen – und *unsere* Computer gegen *sie* verwenden?«

Ackbar drehte ihr seine riesigen runden Augen zu. »Was schwebt Ihnen vor, Jaina Solo?«

Sie biß sich in die Unterlippe, dann atmete sie tief durch.

Die Idee war verrückt, aber … »Sie sind der Oberkommandant der gesamten Flotte der Neuen Republik. Ist in unsere Computer nicht einprogrammiert, daß Sie in einem extremen Notfall – so wie diesem – mit einem speziellen Signal erreichen können, daß die Computer nur noch Ihre Eingaben akzeptieren?«

Ackbar starrte sie an und sein Mund stand offen, als brauche er einen Schluck Wasser oder einen tiefen Atemzug feuchter Luft. »Bei allen Meistern der Macht. Sie haben recht, Jaina.«

»Also, worauf warten wir noch?« sagte sie und rieb die Hände ineinander. »Programmieren wir sie um.«

Nachdem er Norys, seinen eigenen Schüler, vernichtet hatte, um Jacen Solo zu retten, fühlte Qorl sich innerlich wie abgestorben, als habe sich der Rest seines Körpers in einen Droiden verwandelt … so wie sein mechanischer linker Arm.

Nach all den Jahren seiner Ausbildung und der Loyalität hatte er das Zweite Imperium verraten. Verraten! Er hatte sein Herz entscheiden lassen, statt auf blindem Gehorsam und kalten Ambitionen zu beharren.

Aber der junge Jacen war nett zu ihm gewesen, hatte bei seiner Rettung geholfen, ihm Wärme und Freundschaft entgegengebracht, obwohl Qorl wußte, daß er sie durch nichts verdient hatte …

Er hatte die Zwillinge gefangengenommen, ihr Leben bedroht, sie gezwungen, seinen abgestürzten TIE-Jäger zu reparieren, damit er ins Imperium zurückkehren konnte. Seitdem hatte er ihnen ihre Freundschaft mit kleinen geheimen Gesten vergolten, so wie damals, als er ihnen heimlich geholfen hatte, aus der Schatten-Akademie zu entkommen. Aber seinen eigenen Studenten umbringen, um sie zu beschützen …

Qorl hatte einen schweren Fehler damit begangen, eigene

Entscheidungen zu fällen. Er hätte es besser wissen müssen. Es war nicht seine Aufgabe, Entscheidungen zu fällen. Er war ein TIE-Pilot, ein Soldat des Zweiten Imperiums. Er half bei der Einweisung anderer Piloten und Sturmtruppler. Er war dem Imperator und seiner Regierung zu Gehorsam verpflichtet. Soldaten genossen nicht den Luxus, sich aussuchen zu können, welchen Befehlen sie gehorchen und welche sie ignorieren wollten.

Seine Gedanken waren in Aufruhr, als er seinen TIE-Jäger in den Orbit steuerte. Der Großteil seines Geschwaders war aus der Formation ausgeschieden, war entweder angegriffen oder von unbekannten Verteidigungsanlagen auf Yavin 4 zerstört worden. Er sollte zurückkehren und seinen Vorgesetzten Bericht erstatten. Er würde sich entscheiden müssen, ob er aufgeben oder gestehen wollte, was er getan hatte … und Lord Brakiss' Strafe hinnehmen.

Qorl biß die Zähne aufeinander. *Kapitulation* wäre *Verrat*. Wie sollte er das fertigbringen? Die Turbinen seines Schiffs heulten auf, als er sich von der Atmosphäre losriß und geradewegs auf die Schatten-Akademie zuhielt, die über ihm schwebte.

Mit Erstaunen nahm er zur Kenntnis, daß er mitten in eine gewaltige Raumschlacht hineingeraten war.

Wie aus dem Nichts waren Schlachtschiffe der Neuen Republik aufgetaucht und feuerten unablässig auf die Schatten-Akademie. Aber dazu kam die eben eingetroffene Flotte des Zweiten Imperiums, zusammengeschusterte Sternzerstörer, imperiale Schlachtkreuzer, montiert aus den Restbeständen zurückeroberter Schiffswerften. Die neue Flotte benutzte die Computersysteme, Hyperantriebskerne und Turbolaserbatterien, bei deren Beschaffung Qorl selbst mitgeholfen hatte.

Aber der Anblick der Schiffe des Zweiten Imperiums erfüllte ihn mit Bestürzung. Der neuen Flotte fehlten die Pracht und die eindrucksvolle Präsenz der ursprünglichen imperialen Armada. Qorl hatte auf dem Todesstern als Mitglied der Imperialen Sternenflotte des Großen Moff Tarkin gedient.

Diese neue Streitmacht wirkte irgendwie ... verzweifelt – so als hätten Menschen, deren Träume über ihre materiellen Möglichkeiten weit hinausgingen, sich in den Kampf gestürzt.

Qorl sah, wie die Schiffe des Zweiten Imperiums die Rettungsflotte der Rebellen unter Beschuß nahmen – aber während er zusah, wendete sich das Blatt und eine Ansammlung undefinierbarer Schiffe griff die Sternzerstörer an.

Dann fielen plötzlich und aus unerfindlichen Gründen die Abwehrschilde der Sternzerstörer aus, als hätten ihre eigenen Computer sie ausgeschaltet. Als wären sie damit einverstanden, sich zu ergeben!

Schlachtkreuzer der Rebellen flogen mit voller Kraft in die Öffnung und schossen tiefe Risse in die Hüllen der neuen Sternzerstörer. Was ging da nur vor sich? Warum fuhren seine Kameraden die Schilde nicht wieder hoch?

Als Qorl auf sie zuflog, begierig darauf, ihnen irgendwie Hilfe leisten zu können, strömten neue TIE-Jäger aus den Sternzerstörern und eröffneten das Feuer auf die Rebellenschiffe, auch wenn sie gegen Ackbars große Flotte nur wie winzige Mücken wirkten.

Qorl sah plötzlich eine Gelegenheit, sich zu bewähren. Er hatte schon seine Retter und Freunde und dann das Zweite Imperium verraten. Ganz gleich, wozu er sich jetzt entschloß, er war ohnehin verdammt – er würde mit einem Verrat nicht mehr weiterleben können.

Doch in diesem Moment konnte Qorl sich auf der Seite des

Zweiten Imperiums in den Kampf einschalten und so viel Schaden anrichten, wie ihm möglich war ... vielleicht sogar im Kampf sterben. Er war ein TIE-Pilot. Dafür war er ausgebildet worden. Vor langer Zeit war er in einer ähnlichen Mission vom Todesstern abgeflogen – und nun würde er ebensogut kämpfen und alle seine Verfehlungen wiedergutmachen.

Qorl leitete Energie in seine Laserkanonen, die Waffen, mit denen er zuletzt auf Norys' Schiff gefeuert hatte, um der mörderischen Blutgier dieses Verrückten ein Ende zu setzen. Jetzt konnte Qorl diese Waffen wieder gegen sein eigentliches Ziel richten: die Rebellenallianz.

Sein TIE-Jäger stürzte sich scheinbar aus dem Nichts in die Schlacht, feuerte auf eines der corellianischen Kanonenboote und ließ schwarze Brandspuren zurück, als er seine Flanke angriff. Andere TIE-Jäger schlossen sich ihm an und flogen in einer kaum erkennbaren Angriffsformation. Diese Flottenmitglieder waren offensichtlich nicht ausgebildet worden, hatten nicht einmal nennenswerte Zeit in Simulatoren verbracht. Aber das Chaos kam den neuen Piloten entgegen, als die Schiffe umeinander flogen und mit keinem anderen Ziel drauflos ballerten, als möglichst viel Schaden anzurichten.

Die Rebellenflotte antwortete mit schwerem Turbolaserfeuer, das aus allen Richtungen heranzuckte. In einem blendenden Lichtblitz explodierte einer der Sternzerstörer, und sein Kommandoturm ging in Flammen auf. Ein weiterer Sternzerstörer geriet ins Trudeln; er drehte ab in dem verzweifelten Versuch, sich davonzustehlen. Die Rebellenflotte verfolgte ihn und feuerte aus allen Rohren.

Das Zweite Imperium verlor die Schlacht. Es *verlor*!

Qorl schoß den fliehenden Schiffen hinterher. Einige der TIE-Jäger rasten in den Weltraum davon ... auch wenn Qorl nicht die mindeste Ahnung hatte, wohin sie wollten. Ihre Flaggschiffe waren zerstört und die Schatten-Akademie stand unter Beschuß. Wollten sie etwa aufgeben?

»Kapitulation wäre Verrat«, murmelte Qorl bei sich – und flog direkt in die Schußlinie der Rebellen-Flaggschiffe.

Turbolaserblitze zischten an ihm vorbei, aber Qorl beschleunigte, feuerte mit seinen nutzlosen Laserkanonen und tauchte in den Schlund der Bestie. Er würde niemals aufgeben. Dies sollte seine letzte glorreiche Tat sein.

Die Rebellen zielten besser – und das Kreuzfeuer traf ihn. Qorl schloß die Augen unter dem TIE-Helm und sah sich im Geiste bereits in einer Explosionswolke verpuffen – eine Kerze, die für seinen Imperator brannte.

Aber die Laserstrahlen hatten lediglich eine seiner Turbinen abgetrennt und einen Teil seines Energieaggregats beschädigt.

Qorls TIE-Jäger brach aus und wirbelte von der Schlachtflotte davon. Trotz des soliden Geflechts seiner Sicherheitsgurte wurde er in seinem winzigen Cockpit von einer Seite zur anderen geschleudert. Qorl hielt durch und rechnete damit, daß sein Schiff jeden Moment explodieren würde ... während er die ganze Zeit weiter und weiter von der tobenden Raumschlacht abgetrieben wurde.

Immer noch rotierend bemerkte er, daß die Schwerkraft ihn erfaßt hatte. Er stürzte erneut ab, fiel auf den Dschungelmond von Yavin hinunter ...

19

Brakiss raste mit seinem einsitzigen Hochgeschwindigkeits-Shuttle von Yavin 4 fort auf seine kostbare Schatten-Akademie zu. Er tippte die codierten Instruktionen ein, die automatisch die Tore der Startbucht öffnen und ihm den Weg in die Sicherheit der imperialen Ausbildungsstation ebnen würden.

Die Raumschlacht kümmerte ihn nicht. Sie war nur ein weiteres Ereignis, das heute nicht nach seinen Vorstellungen verlaufen war.

Sein Herz pochte noch vom Lichtschwertduell mit Skywalker unten in den Tempelruinen. Seine Gedanken überschlugen sich, immer wieder gingen ihm die Worte seines früheren Meisters durch den Kopf. Wut und Verzweiflung tobten wie ein unbändiger Sturm durch seine Seele und wühlten seine Gefühle auf.

Mit keiner Methode, die er kannte, gelang es ihm, seine Gedanken wieder auf das kalte, ruhige Niveau herunterzuschrauben, das erforderlich war, damit er seine Kräfte voll entfalten konnte. Brakiss versuchte es sogar mit einigen der verhaßten Beruhigungstechniken, die Luke Skywalker ihm in seiner Zeit als Inkognito-Student beigebracht hatte – aber nichts funktionierte.

Alles brach in sich zusammen. Seine großartigen Pläne, seine sorgfältig ausgebildeten Dunklen Jedi, die Truppen des Zweiten Imperiums – all das versagte hier an der Schwelle dessen, was sein größter Triumph hätte werden sollen, ein Hammerschlag, der die Galaxie erschüttern sollte. Die Zerstörung der Jedi-Akademie hätte ein leicht zu erringender Sieg werden sollen.

Er steuerte sein Shuttle in die verlassene Andockbucht der Schatten-Akademie, wo noch vor kurzem lange Reihen von TIE-Jägern und TIE-Bombern kampfbereit gemacht worden waren. Tamith Kai hatte ihre gepanzerte Gefechtsplattform gestartet und war mit ihren Sturmtrupplern und Zekks Truppe Dunkler Krieger aus dem Orbit hinabgeschwebt. Sie waren stolz und selbstsicher gewesen und hatten keinen Zweifel daran gehabt, die Jedi der Hellen Seite niederwalzen zu können ...

Brakiss stieg steif aus seinem Shuttle, strich sein silbriges Gewand glatt und versuchte erfolglos, seine Würde zurückzugewinnen. Weil er nicht ohne eine Jedi-Klinge auskommen konnte, bewaffnete er sich mit einem serienmäßig hergestellten Lichtschwert aus einer der Waffennischen in der Wand.

Aber *wie* sollte er sich verteidigen? Er hatte Tamith Kais Gefechtsplattform in den Fluß stürzen sehen, ein brennender Haufen zerschmolzener Schlacke. Zekks Dunkle Jedi waren versprengt worden, die TIE-Jäger-Geschwader zum Großteil zerstört – und jetzt mußte Brakiss mit ansehen, wie die mächtige neue Flotte des Zweiten Imperiums von den Schlachtschiffen der Rebellen, die aus dem Nirgendwo erschienen waren und irgendwie die imperialen Schilde deaktiviert hatten, Prügel bezog!

Brakiss trat aus der Andockbucht in die fast völlig menschenleere Schatten-Akademie. Alle verfügbaren Truppen waren nach unten geschickt worden. Nur einige Kommandoteams waren zurückgeblieben, um die Sicherheit der imperialen Station zu gewährleisten.

In den sterilen Korridoren hätte eine Siegesfeier stattfinden sollen, doch statt dessen wirkte das Innere der Station wie eine Gruft, ein verlassenes Wrack. Der Imperator mußte *unbe-*

dingt eine Möglichkeit finden, sie zu retten, den Verlauf der Schlacht zu wenden, damit das Zweite Imperium doch noch über die Galaxie herrschen konnte.

Palpatine hatte dem Schicksal mehr als einmal ein Schnippchen geschlagen. Nachdem er an Bord des zweiten Todessterns während der Schlacht von Endor das erste Mal umgekommen war, hatte er es geschafft, von den Toten aufzuerstehen, indem er sein Leben durch verborgene Klone verlängerte. Und obwohl angeblich keiner dieser Klone überlebt hatte, war der Imperator dreizehn Jahre später wieder aus dem Totenreich zurückgekehrt – diesmal ohne eine Erklärung.

Ein Mann, dem solche Kunststücke gelangen, hätte doch sicher keine Schwierigkeiten, einer zusammengewürfelten Bande von Rebellen und Kriminellen den Sieg wegzuschnappen, oder?

Mit erhobenem Kopf, um den Stolz und die Hoffnung des Imperiums auszudrücken, marschierte Brakiss durch die stahlgefliesten Korridore auf den isolierten Bereich der Station zu. Er mußte den Imperator sehen, und er würde sich nicht abweisen lassen. Der Verlauf des ganzen Krieges hing von den nächsten Augenblicken ab!

Vor den versiegelten Türen standen zwei der vier scharlachrot gewandeten imperialen Wachen. Sie trugen furchterregende projektilförmige Helme mit nur einem schmalen Sehschlitz. Die beiden Wachen erstarrten und kreuzten ihre Energielanzen, um ihm den Eintritt zu verwehren. Brakiss trat ohne Zögern vor. »Zur Seite«, sagte er. »Ich muß mit dem Imperator sprechen.«

»Er hat darum gebeten, nicht gestört zu werden«, sagte einer der Wachmänner.

»*Nicht gestört?*« fragte Brakiss fassungslos. »Unsere Flotte geht unter; unsere Dunklen Jedi werden gefangengenommen, unsere TIE-Jäger vom Himmel geschossen. Tamith Kai ist tot. Wenn den Imperator *das* nicht stört ... Zur Seite jetzt. Ich muß mit ihm sprechen.«

»Der Imperator spricht mit niemandem.« Sie traten einen Schritt vor und richteten ihre Waffen auf ihn.

In Brakiss kochte neuerliche Wut hoch. Sie verlieh ihm Stärke. Die Kraft, die durch seine Adern strömte, rührte direkt von der Dunklen Seite der Macht her. Er begriff jetzt, warum Tamith Kai diese Erfahrung so anregend gefunden hatte, daß sie ihre Erregung auf einem gleichbleibend hohen Pegel hielt.

Brakiss hatte keine Geduld mit diesen rot gewandeten Schwachköpfen. Sie waren Verräter am Zweiten Imperium – und er reagierte, indem er die Macht tief aus sich herausströmen ließ.

Sein Lichtschwert rutschte aus seinem weiten Ärmel und fiel ihm in die Hand, die fest zugriff. Sein Zeigefinger drückte den Einschalter. Eine lange, gerippte Klinge wurde ausgefahren, aber Brakiss drohte nicht mit ihr. Er war der Drohungen, der Wortspielereien und anderer Ablenkungen, die Fortschritte behinderten, müde geworden. Er ließ seinem Zorn freien Lauf.

»Ich habe genug davon!« Er drosch wild von einer Seite zur anderen. Sein Zorn verengte sein Sichtfeld zu einem Tunnel schwarzer statischer Entladungen, die seine beiden Kontrahenten einhüllten, als sie sich niederduckten, um ihn mit ihren Energielanzen abzuwehren. Aber Brakiss war ein mächtiger Jedi. Er verstand etwas von der Dunklen Seite, und die roten imperialen Wachen hatten keine Chance gegen ihn.

In weniger als einer Sekunde hatte Brakiss sie beide niedergeschlagen.

Er setzte den Mechanismus der versiegelten Tür in Gang. Die Zugangscodes widersetzen sich ihm, deshalb nahm er die Macht zu Hilfe, um die Schaltkreise kurzzuschließen. Mit bloßen Händen zog er die widerspenstige Tür auf, dann betrat er das Privatquartier des Imperators.

»Mein Imperator, Ihr müßt uns helfen«, rief er. Das Licht, das ihn einhüllte, war rot und gedämpft, schien von etwas Heißem auszustrahlen. Er blinzelte und fand es schwierig, etwas zu erkennen – aber offenbar war niemand in seiner Nähe. »Imperator Palpatine!« schrie er. »Die Schlacht nimmt eine ungünstige Wende. Die Rebellen schlagen unsere Truppen. Ihr müßt etwas unternehmen.«

Außer dem Widerhall seiner eigenen Worte war nichts zu hören: keine Antwort, keine Bewegung. Er tastete sich in einen weiteren Raum vor, nur um in ihm eine schwarz ummantelte Isolationskammer vorzufinden, deren gepanzerte Tür fest versiegelt und deren Seitenwände von schweren polierten Nieten gehalten wurden. Dies war die abgeschlossene Kammer, die die roten Wachen aus dem imperialen Spezialshuttle hergeschafft hatten. Sperrige Arbeitsdroiden hatten den schweren Behälter aus der Verankerung des Shuttles gehoben und hierher getragen.

Brakiss wußte, daß der Imperator sich in die Kammer zurückgezogen und gegen äußere Einflüsse abgeschottet hatte. Brakiss hatte befürchtet, daß die Gesundheit des Imperators nachließ, daß Palpatine die für ihn konstruierte Lebenserhaltungsanlage zum nackten Überleben benötigte.

Aber in diesem Moment war ihm das gleichgültig. Er hatte genug davon, vor verschlossenen Türen zu stehen. Er, der

Meister der Schatten-Akademie, eine der wichtigsten Persönlichkeiten des Zweiten Imperiums, durfte sich nicht wie ein x-beliebiger Dienstbote herumstoßen lassen.

Er pochte an die gepanzerte Tür. »Mein Imperator, ich verlange Euch zu sprechen! Ihr könnt dieser Niederlage nicht tatenlos zusehen. Ihr müßt Eure Macht einsetzen, um den Händen unserer Feinde den Sieg zu entreißen.«

Er erhielt keine Antwort. Sein Klopfen verhallte dumpf in dem von schummerigem, blutfarbenem Licht erfüllten Raum. Brakiss' Herz erstarrte zu einem Eisklumpen wie ein verirrter Komet am Rande eines Sonnensystems.

Wenn der Imperator sie aufgegeben hatte, dann waren sie bereits so gut wie besiegt. Die Schlacht nahm eine für das Zweite Imperium katastrophale Wende – und Brakiss hatte nichts mehr zu verlieren.

Er schaltete sein Lichtschwert wieder ein, streckte die klirrende Waffe aus – und schlug zu. Die Energieklinge ließ Funken sprühen, als sie die dicken Panzerplatten durchschnitt – nichts, nicht einmal mandalorianisches Eisen oder Blasterschilde aus Durastahl, konnte dem Hieb eines Jedi-Lichtschwerts widerstehen.

Er durchtrennte die Angeln. Geschmolzenes Metall rann in silbrigen Strömen die Tür hinunter. Er schlug noch einmal zu, haute einen Eingang frei und riß die Wand auf wie ein Arbeitsdroid, der einen Frachtcontainer öffnet. Er trat zur Seite, als ein dickes Rechteck der Panzerplatte mit einem ohrenbetäubenden Scheppern zu Boden fiel.

Brakiss verharrte unentschlossen und wartete, bis der Rauch sich verzogen hatte. Er hielt sein Lichtschwert hoch ... und stieg schließlich ein.

Er traute seinen Augen nicht. Er sah keinen Imperator, keine luxuriöse Unterkunft, nicht einmal einen komplizierten medizinischen Apparat, der den alten Herrscher am Leben halten konnte.

Statt dessen fand er eine Attrappe vor.

Ein dritter roter Wachmann saß auf einem mit Kontrollleuchten versehenen drehbaren Stuhl, auf drei Seiten umgeben von Computermonitoren und Bedienungselementen. Brakiss sah einen Archivbildschirm mit holographischen Videosequenzen verschiedener Karrierestationen des Imperators: der Aufstieg von Senator Palpatine, die Neue Ordnung, frühe Versuche, die Rebellion niederzuschlagen ... aufgezeichnete Reden, Memos, praktisch jedes Wort, das Palpatine je öffentlich gesprochen hatte, dazu viele private Nachrichten. Leistungsfähige holographische Generatoren stellten die Sequenzen zur Verfügung und erzeugten lebensechte dreidimensionale Bilder.

Brakiss starrte die Szene entsetzt an und fing an zu begreifen.

Der rote Wachmann sprang hoch und sein scharlachroter Umhang bauschte sich um ihn. »Sie dürfen hier nicht rein.«

»Wo ist der Imperator?« fragte Brakiss, wußte aber schon die Antwort, als er sich umsah. »Es gibt hier keinen Imperator, nicht wahr? Das Ganze war nur ein Schwindel, ein jämmerlicher Versuch, an die Macht zu gelangen.«

»Ja«, sagte der rote Wachmann. »Und Sie haben Ihre Rolle gut gespielt. Der Imperator ist tatsächlich vor vielen Jahren gestorben, als sein letzter Klon vernichtet wurde, aber das Zweite Imperium brauchte einen Führer – und wir, vier von Palpatines loyalsten Wachen, haben beschlossen, diesen Führer zu erschaffen.

Wir verfügten über Aufzeichnungen aller brillanten Reden, die der Imperator gehalten hat. Uns standen seine Gedanken, seine Anordnungen, seine Dokumente zur Verfügung. Wir wußten, daß wir das Zweite Imperium aufbauen konnten, daß *uns* aber niemand folgen würde. Wir mußten den Menschen geben, was sie wollten, und sie wollten ihren Imperator zurück – so wie Sie auch. Sie waren leicht zu täuschen, weil Sie sich täuschen lassen *wollten«*, sagte der rote Wachmann und nickte Brakiss zu.

Der Meister der Schatten-Akademie schritt tiefer in die Kammer hinein und sein Lichtschwert glühte in einem tödlichen, kalten Feuer. »Sie haben uns betrogen«, sagte er, immer noch von unermeßlichem Entsetzen erfüllt. »Sie haben mich betrogen – *mich!* Ich war einer der verläßlichsten Diener des Imperators, aber ich habe einer Lüge gedient. Es gab nie eine Chance für das Zweite Imperium, und jetzt werden wir hier *Ihretwegen* vernichtet! Wegen Ihrer dilettantischen Planungen. Weil es kein dunkles Herz im Zweiten Imperium gibt.«

Blind vor Wut stürzte sich Brakiss mit erhobenem Lichtschwert auf den roten Wachmann. Der Mann stolperte von den Steuerpulten weg und griff in seinen scharlachroten Umhang, um eine Waffe hervorzuziehen – aber Brakiss gab ihm keine Chance.

Seine Klinge drang tief in den Leib des dritten imperialen Wachmanns, der rauchend und leblos in die Batterie von Bedienungselementen fiel, die den falschen Imperator erzeugt hatten. Die Illusion hatte Brakiss, die Schatten-Akademie und all seine Dunklen Jedi hinters Licht geführt ... alle, die ihr Leben dem Wiedererstarken des Imperiums geweiht hatten.

»Jetzt ist das Imperium wahrhaft gestürzt«, sagte er mit heiserer, rauher Stimme und abgehärmtem Gesicht. Er war nicht mehr ruhig wie eine Statue, kein aalglatter Vertreter des Vollkommenen mehr.

Als er draußen vor der eingedroschenen Tür der Isolationskammer ein Geräusch hörte, fuhr er herum und sah etwas Rotes aufblitzen – das vierte und letzte Mitglied dieser Bande von Scharlatanen. Brakiss bewegte sich langsam, spürte Schmerz und Anspannung in den Gliedern und fühlte sich vollends entmutigt – aber er durfte diesen letzten nicht davonkommen lassen. Seine Ehre verlangte es, daß die Betrüger bezahlten. Brakiss lief ihm nach.

Doch der rote Wachmann hatte draußen seine niedergemachten Gefährten entdeckt, und er wußte, daß Brakiss die Videogeräte und holographischen Apparate in der Isolationskammer gesehen hatte. Der vierte Wachmann lief ohne Zögern in die Richtung davon, aus der er gekommen war.

Brakiss hatte nun nicht mehr den geringsten Zweifel daran, daß sein großartiger Traum von einem wiedererstandenen Imperium gescheitert war. Seine Dunklen Jedi hatten ihre Schlacht unten auf Yavin 4 verloren. Die imperialen Jäger gingen unter – aber er würde diesen Schwindler, diesen Verräter auf keinen Fall lebend davonkommen lassen. Sein Tod sollte Brakiss' letzter Racheakt sein.

Mit entschlossenen Schritten setzte Brakiss dem Mann nach. Der rote Wachmann bewegte sich mit erstaunlicher Geschwindigkeit, floh aus dem Sperrbereich und jagte durch die leeren Korridore der Schatten-Akademie. Brakiss begann zu rennen, aber der rote Wachmann wußte genau, wohin er wollte.

Der letzte Überlebende der imperialen Wachmannschaft erreichte die Andockbucht und hetzte auf Brakiss' Hochgeschwindigkeits-Shuttle zu.

»Halt!« rief Brakiss, als er die Tür der Andockbucht erreichte. Er hob sein Lichtschwert und wünschte sich, er könne mit

Hilfe der Macht bewirken, daß der Wachmann wie angewurzelt stehenblieb und seinen Befehlen gehorchte – aber der Scharlatan verlor keine Sekunde. Er kroch in das einsame Shuttle, ließ es von seinen Repulsorliften anheben und tippte den Code ein, um das magnetische Atmosphärefeld zu aktivieren.

Brakiss kochte vor Zorn. Er fragte sich, ob er die Waffensysteme der Schatten-Akademie erreichen und den Wachmann im Vakuum des leeren Raums zu Schauern von Eiskristallen zerschießen konnte. Aber es wäre zu spät für ihn.

Er fühlte sich ganz allein in der Schatten-Akademie. Ein vollkommenes Fiasko. Alles, worum er gekämpft hatte, war auf ihn zurückgefallen. Und dies hier war die endgültige Demütigung: ausgestrickst zu werden vom *Wachmann*.

Ungewollt kam Brakiss eine Erinnerung ins Bewußtsein. Als die Schatten-Akademie, gedacht als ein narrensicherer Mechanismus, konstruiert worden war – vorgeblich unter Anleitung des Imperators Palpatine –, hatte man enorme Mengen miteinander verbundener Sprengladungen überall im Grundgerüst der Station untergebracht. So sollte sichergestellt werden, daß Palpatine, falls er sich je von diesen neuen und mächtigen Dunklen Jedi-Rittern bedroht fühlen sollte, die Detonation auslösen und die Schatten-Akademie vernichten konnte, wo immer sie sich auch gerade befand.

Brakiss stand allein in der Hangarbucht und sah das winzige Shuttle immer weiter hinausschießen. Da es keinen wiedergeborenen Imperator *gab,* überlegte er, waren es wohl die vier roten Wachen, die den geheimen Zerstörungscode kannten.

Als er in seinem Fluchtschiff die Schatten-Akademie und das Yavin-System hinter sich ließ, mußte der letzte überlebende

Wachmann sich eingestehen, daß die allein gelassenen Streitkräfte eine vernichtende Niederlage erleiden würden. Der erfolgreiche Gegenangriff der Rebellen machte es unwahrscheinlich, daß überhaupt Imperiale die Kämpfe des heutigen Tages überlebt hatten.

Der Wachmann mußte sein Geheimnis bewahren und die Illusion aufrechterhalten, die er und seine Partner so sorgfältig inszeniert hatten, um sich den Weg zur Macht zu ebnen. Er konnte es sich nicht leisten, die Schatten-Akademie unversehrt zurückzulassen, wenn er hoffte, seine Spuren zu verwischen.

Mit etwas Glück würde er vielleicht unter den vielen kriminellen Elementen, die heimlich am Rande der Neuen Republik tätig waren, seinen Platz finden.

Der rote Wachmann sendete ein kurzes, sorgsam codiertes Signal. Er übertrug eine tödliche Zeichenfolge, eine Kette von Impulsen, von der er gehofft hatte, sie niemals benutzen zu müssen.

Zerstörung.

Als sein winziges Shuttle in den Hyperraum eintrat, erblühte der stachelige Ring der Schatten-Akademie zu einem Feuerball, einer explodierenden Rose aus brennenden Gasen und Trümmern.

20

Während er sich vorankämpfte, konnte Zekk in der Düsternis des ihm so unvertrauten Dschungels von Yavin 4 kaum zwei Meter weit sehen. Dichtes Unterholz zerrte an seinem Haar und seinem Umhang, und sein Atem entfuhr ihm in ruckartigem Keuchen. Sein Pferdeschwanz hatte sich völlig gelöst. Dennoch drängte Zekk weiter. Gelegentlich warf er einen Blick über die Schulter, um zu sehen, ob ihn einer von Skywalkers Jedi-Rekruten verfolgte. Er spürte keine Verfolger, aber er konnte nicht sicher sein. Wer weiß? dachte er. Möglicherweise benutzten sie Tricks der Hellen Seite, von denen er nie gehört hatte, damit er ihre Gegenwart nicht bemerkte.

Er hatte heute viele unerwartete Dinge erlebt. Seltsame Dinge. *Schreckliche Dinge.* Es machte nicht viel aus, daß der gewundene Trampelpfad vor ihm kaum zu erkennen war: Er wäre ohnehin blind für ihn gewesen. Sein Geist war halb betäubt von den Dingen, die seine Augen heute gesehen hatten. Zerstörung, Schrecken, Scheitern ... Tod.

Zekks Fuß rutschte auf einem Haufen modriger, feuchter Blätter aus und er sackte auf ein Knie. Indem er einen niedrigen Ast packte, zog er sich wieder auf die Füße und stand einen Moment lang orientierungslos da.

In welche Richtung war er geflohen? Er wußte, daß er *irgendwohin* unterwegs war ... aber er konnte sich nicht mehr recht erinnern, wohin. Schließlich fiel es einem unbewußten Teil seines Selbst wieder ein, und er stapfte weiter.

Plötzlich brach unmittelbar vor ihm ein kniehohes Nagetier mit ausgestreckten Klauen aus dem Unterholz. Zekks Jedi-Instinkte übernahmen automatisch die Kontrolle.

Mit einer geschmeidigen Bewegung zückte Zekk sein Lichtschwert und sprang zur Seite. Seine Wange platzte auf, als er gegen den rötlich-braunen Stamm eines Massassi-Baumes prallte; im selben Moment drückte sein Daumen den Zündknopf des Lichtschwerts. Bevor Zekk auch nur blinzeln oder atmen konnte, schnellte die blutrote Klinge hervor – und zerteilte das Nagetier im Sprung in zwei Hälften. Mit einem Kreischen, das abrupt abriß, fielen die beiden rauchenden Hälften des Tieres auf den Waldboden.

Der Anblick erinnerte ihn daran, wie er Tamith Kais Student Vilas in der Nullgrav-Arena an Bord der Schatten-Akademie getötet hatte – keine Erinnerung, die ihm besonders angenehm war.

Blut rann aus der Platzwunde auf Zekks Wange, aber der Schmerz war zu diffus, zu weit weg, um ihn zu spüren. Sein Können im Umgang mit der Macht hatte ihn bisher vor dem Schlimmsten bewahrt – schließlich war er immer noch ein Dunkler Jedi. Aber was war mit seinen Gefährten aus dem Zweiten Imperium? Was war mit ihren Kräften? Warum war alles schiefgegangen? Heute hatte er miterlebt, wie seine Dunklen Jedi einer nach dem anderen ihre Kämpfe verloren hatten oder von Skywalkers Rekruten gefangengenommen worden waren.

Er hatte den schrecklichen Verdacht, daß nur er übrig war.

Oh, die Dunkle Seite hatte ihre Siege gefeiert. Dem Kommando Orvak war es offensichtlich gelungen, die Schildgeneratoren zu zerstören, und es hatte zweifellos auch den nächsten Schritt ihrer Mission in Angriff genommen. Und Zekk hatte an diesem Tage noch einige Male den Eindruck gehabt, daß sich die Rekruten der Schatten-Akademie auf der Siegesstraße befanden. Aber alle Triumphe waren nur kurzfristig gewesen.

Brakiss, Tamith Kai, er und seine Kameraden waren so von einem schnellen, entscheidenden Triumph überzeugt gewesen. Mit ihrer Ausbildung in den Methoden der Dunklen Seite hätte es kein Problem sein dürfen, sagte sich Zekk. Hatte Brakiss das nicht auch immer gesagt?

Einige Minuten später trat Zekk aus der Dunkelheit auf eine

breite Lichtung, wo der weite Fluß träge zwischen den Bäumen dahinströmte. Seine Stimmung besserte sich geringfügig, als Zekk ans Flußufer ging, um seinen Durst zu stillen.

Trotz der grünen Farbe des Wassers war sein Spiegelbild klar. Eingesunkene smaragdgrüne Augen, beschattet von dunklen Ringen, starrten ihn von der gewellten Wasseroberfläche an. Nur eine Spur seiner früheren Selbstsicherheit sprach noch aus dieser Miene. Ein Durcheinander verfilzten schwarzen Haars rahmte ein Gesicht, das so bleich wie der Mond seines Heimatplaneten Ennth war. Noch immer strömte aus der Wunde in seinem Gesicht Blut, das in einem reizvollen Kontrast zu den purpurroten Schrammen stand, über die es hinwegfloß. Es erinnerte ihn an Brakiss und sein schön geschnittenes Gesicht.

Ein Klagen der Verzweiflung hallte dem jungen Mann durch den Kopf und ließ ihn im Schlamm des Flußufers auf die Knie sinken. In einer hoffnungslosen Geste preßte Zekk die schlammbeschmutzten Hände auf die Ohren. »Brakiss!« schrie er. »Was ist schiefgegangen?«

Als suche er dort die Antwort auf seine Frage, wandte Zekk das Gesicht dem Himmel entgegen. Für einen Sekundenbruchteil erkannte er den stacheligen Ring der Schatten-Akademie in einer niedrigen Umlaufbahn um den Dschungelmond …

Doch plötzlich, ohne Vorwarnung, erblühte die Raumstation hoch über ihm zu einem Feuerball. Zekk sackte bei dem Anblick der Unterkiefer herunter. Er hatte es nicht für möglich gehalten, noch mehr Schmerzen empfinden zu können.

Aber er hatte sich geirrt.

Brakiss. Der Name spukte nun durch Zekks Hirn. Er wußte, daß der Meister sich an Bord der Schatten-Akademie befunden hatte, als sie explodierte. Er konnte es *fühlen.* Er hatte die Verzweiflung seines Meisters gespürt – seine Seele aufschreien gehört.

Der silbern gewandete Jedi hatte Zekk aufgenommen, als der junge Mann ohne Hoffnung auf eine Zukunft und ohne Sinn im Leben gewesen war. Brakiss hatte Zekk ausgebildet, ihm ein Ziel und eine Richtung gegeben, eine Stellung und Fähigkeiten, auf die er stolz sein konnte. Mit der Schatten-Akademie hatte Zekk einen Ort gehabt, wo er *hingehörte*. Er war ihr Dunkelster Ritter gewesen.

Und was blieb ihm nun? Alles, wofür er gelebt und gelernt hatte, war verloren. Stolz, Kameradschaft, eine Zukunft ... alles fort. Zekk hegte innerlich keinen Zweifel mehr, daß das Zweite Imperium heute eine entscheidende Niederlage erlitten hatte, und jetzt war auch noch sein Mentor – der einzige Mensch, der je an Zekk geglaubt hatte – für immer von ihm gegangen.

Nein. Nicht der *einzige* Mensch, der an Zekk geglaubt hatte. Eine neue Welle von Schmerz überschwemmte ihn bei dem Gedanken. Auch der alte Peckhum hatte immer an ihn geglaubt. Zekk hatte versprochen, nie etwas zu tun, was den alten Raumfahrer verletzen oder enttäuschen würde. Heute aber hatte er auf der Seite von Peckhums Feinden gekämpft. Trotz aller Fehler, die Zekk an sich feststellen mußte, hatte er den alten Peckhum noch nie in seinem Leben angelogen.

Zorn durchfuhr ihn – auf sich selbst, auf die Umstände, die ihn genötigt hatten, gegen seinen Freund zu kämpfen und so furchtbare Entscheidungen zu fällen. Seine Muskeln spannten sich an, bis der innere Druck nahezu unerträglich wurde. Mit einem Schmerzensschrei grub er die Finger tief in den Schlamm. Er war dunkel, schlüpfrig, heimtückisch. Doch das war es, wofür er sich entschieden hatte: die Dunkelheit.

Heute hatte er dagestanden und zugesehen, wie seine Kameraden die *Lightning Rod* aus dem Himmel schossen. Nach allem, was er wußte, war der einzige andere Mensch, der je an ihn geglaubt hatte, nun ebenfalls tot. Zekk krallte sich noch tiefer in den Morast und schmierte sich Hände voll Schlamm ins Gesicht. Der Schlamm brannte in der Wunde. Jetzt konnte er den Schmerz wieder spüren. Aber es kümmerte ihn nicht. Er hatte es verdient.

Er hatte sie alle enttäuscht – Brakiss, die anderen Dunklen Jedi-Krieger, den alten Peckhum ... sich selbst. Lautlose Tränen rannen ihm ungehindert aus den Augen, als er sich immer mehr Schlamm in die Hände, auf die Unterarme, den Hals rieb. Dunklen Schlamm.

Das – *das hier* war aus ihm geworden. Etwas Finsteres. Dafür hatte er sich entschieden, da hinein war er abgetaucht. Er war damit *befleckt.*

Für Zekk gab es kein Zurück mehr. Er hatte seine Entscheidung getroffen und mußte nun bleiben, was er war: ein Dunkler Jedi. Daran konnte er nichts mehr ändern. Obwohl seine Kameraden geschlagen oder gefangen waren und Brakiss tot, konnte Zekk sich sein Leben lang nicht mehr davon reinigen – so lang es auch sein mochte.

Nicht einmal Jacen und Jaina, wenn sie noch lebten, würden ihm verzeihen können. Wenn er an die Raumschlacht dachte, die über ihm tobte, die Zerstörung der Schatten-Akademie, die Angriffe hier auf dem Boden, dann war Zekk heute am Tode mehrerer hundert Menschen schuldig geworden. Vielleicht sogar an Peckhums Tod. Die Zwillinge wußten das sicher. Sie hatten Zekks Entscheidung, sich der Schatten-Akademie anzuschließen, nie für richtig gehalten, nie geglaubt, daß etwas dabei herauskommen konnte.

Aber er hatte seine Wahl getroffen und sein Bestes gegeben. Er hatte sogar Jaina auf Kashyyyk davor gewarnt, nach Yavin 4 zurückzukehren, und gehofft, sie so von den Kämpfen fernzuhalten, auch wenn er daran zweifelte, daß sie ihm überhaupt zugehört hatte.

Er rappelte sich auf und sah noch einmal sein Spiegelbild im langsam dahinströmenden Wasser. Sein einst so schöner Umhang hing ihm in Fetzen von den Schultern, das scharlachrote Futter war völlig zerrissen. Schlamm bedeckte seine Haut. Und die eingesunkenen smaragdgrünen Augen waren matt und ohne Hoffnung.

Aber er war noch nicht fertig. Es kam vielleicht nicht mehr darauf an, was mit ihm geschah, aber er hatte immer noch die Wahl. Er würde den Zwillingen beweisen, woraus er geschaffen war. Er drehte sich um und lief das Flußufer entlang auf den Großen Tempel zu.

Zekk hatte immer noch eine Karte im Ärmel.

21

»Da unten«, sagte Jaina und deutete auf die Dschungellichtung, die Luke als einen möglichen Treffpunkt ausgesucht hatte.

Lando Calrissian grinste im Pilotensitz seines persönlichen Shuttles und ließ seine schönen weißen Zähne blitzen. »Klare Sache, kleine Lady«, sagte er. »Ich bring dich runter. Sieht so aus, als ob sie auf uns warten. Die Kämpfe müssen vorüber sein.«

Als Lando das Schiff in den Landeanflug brachte, benutzte Jaina Jedi-Techniken, um sich zu entspannen, aber es half nichts. Ihre Muskeln blieben so angespannt, als säße sie immer noch in dem winzigen TIE-Jäger und fliehe um ihr Leben. Aus irgendeinem Grunde konnte sie einfach nicht lockerlassen. Heute hatte sie zum ersten Mal als eine Jedi unter anderen Jedi gegen die Dunkle Seite gekämpft.

Ihre ganze Ausbildung drehte sich darum.

Als Landos Shuttle aufsetzte, verschwendete Jaina keine Zeit mit Formalitäten. Sie kletterte, so schnell sie konnte, aus dem Schiff, lief auf ihren Onkel zu und ließ sich in seine Arme fallen. »Du hast es geschafft. Du lebst noch!« sagte sie und spürte, wie eine Welle der Erleichterung und der Freude sie durchfuhr.

»Luke, alter Junge!« rief Lando. »Ich wollte dir eigentlich meine Hilfe anbieten, aber es sieht so aus, als hättest du die Lage selbst ganz gut unter Kontrolle.«

»Ich könnte deine Hilfe trotzdem gebrauchen, Lando«, sagte Luke. Er erwiderte Jainas Umarmung und sagte ernst: »Ich fürchte, viele unserer Kameraden waren nicht so erfolgreich.«

Als ihr klar wurde, daß sie keine Ahnung hatte, wie der Bodenkampf ausgegangen war, biß sich Jaina in die Unterlippe und sah wild umher, in der Hoffnung, irgendwo Jacen, Lowie und Tenel Ka zu erblicken.

Was sie sah, schockierte sie. Soweit sie feststellen konnte, hatte es kein Student der Jedi-Akademie unbeschadet überstanden. Einige Rekruten humpelten. Tionnes rechter Arm hing in einer Schlinge, und das Haar auf der rechten Seite ihres Kopfes war angesengt. Andere hatten sich Kratzer und Schrammen zugezogen, aber auch ernstere Verletzungen.

Jaina machte ein überraschtes Gesicht, als sie Raynar sah, das Gesicht voller Schlamm, seine grelle Kleidung zerfetzt

136

und schmutzbefleckt, wie er zwischen den Verwundeten umherging und seine Hilfe anbot, wo immer er konnte. Er wirkte niedergeschlagen.

Als sie die Patientin erkannte, um die Raynar sich gerade kümmerte, wurde sie blaß und lief zu Tenel Ka hinüber, die Fieber zu haben schien und aus einem fürchterlichen Riß unmittelbar über einem ihrer grauen Augen stark blutete. Eine weitere, weniger tiefe Wunde verlief von ihrer Hüfte an abwärts bis zum Knie.

Raynar riß bereits Stoffstreifen aus dem relativ sauberen Innenfutter seines Umhangs. Jaina legte ein Stück zu einem Tupfer zusammen, den sie auf Tenel Kas Kopfwunde drückte, um die Blutung zu stillen, während Raynar das verletzte Bein bandagierte.

Jaina sah umher, suchte immer noch nach Jacen. Nur wenige Meter weiter, obwohl sie ihn bisher nicht bemerkt hatte, lag Lowie flach im Gras, stöhnte leise und hielt sich die Seite.

Am Rande der Lichtung halfen Tionne, Luke und Lando den verletzten Nachzüglern. Doch von Jacen war immer noch nichts zu sehen.

»Lowie, bist du in Ordnung?« fragte Jaina.

Der Wookiee brummte etwas Unverbindliches und machte einen Wink, als wolle er ihr zu verstehen geben, daß sie sich erst um Tenel Ka kümmern sollte.

»Oh, Mistress Jaina! Den Sternen sei Dank, daß Sie hier sind«, schrie MTD. Die Stimme des kleinen Droiden klang seltsam und Jaina bemerkte, daß das Lautsprechergitter verbogen war. »Sie können sich einfach nicht vorstellen, was wir drei heute durchgemacht haben. Master Lowbacca und Mistress Tenel Ka waren gezwungen, von der Gefechtsplattform abzuspringen, um nicht in die Luft zu fliegen. Was auch ganz gut so war, denn die Gefechtsplattform ist wenige Minuten später abgestürzt.

Als wir in die Bäume fielen, konnte Master Lowbacca sich auffangen, aber Mistress Tenel Ka ist mit dem Kopf gegen einen Ast gestoßen. Sie ist fast bis zum Waldboden abgestürzt, aber Master Lowbacca ist ihr hinterhergesprungen, hat sie am Arm gefaßt und ihren Sturz abgebremst, indem er mit dem Bauch zuerst auf einem breiten Ast landete. Wirklich ein tapferer Einsatz, das kann ich Ihnen versichern, Mistress Jaina. Ich bin natürlich kein Medidroide, aber ich fürchte, Sie werden feststellen, daß Master Lowbacca sich die Schulter ausgerenkt und mindestens drei Rippen gebrochen hat.«

Raynar preßte Tenel Ka eine frische Kompresse auf die Stirnwunde und fixierte sie mit einer Bandage. »Du kommst als nächster«, sagte er und nickte Lowie zu. »Ich bin hier gleich fertig.«

Als zwei weitere verwundete Jedi-Studenten auf die Lichtung stolperten, blickte Jaina hoffnungsvoll auf, aber auch diesmal war Jacen nicht dabei. »Hast du meinen Bruder gesehen?« fragte sie Raynar, als sie an Lowies Seite niederknieten, um seine Verletzungen zu untersuchen. »Er ist mit dem alten Peckhum in die *Lightning Rod* gestiegen, um Verstärkung anzufordern. Er hätte schon längst zurück sein müssen.«

Raynar runzelte die Stirn und schüttelte den Kopf. »Hm ... tja ... ich habe dieses Frachtschiff gesehen – die *Lightning Rod*. Ich ... ich glaube, ein TIE-Jäger hat sie getroffen.«

Jaina keuchte. »Sind sie abgestürzt?«

Raynar sah weg. »Ich weiß es nicht. Das Schiff hat offenbar an Höhe verloren, aber ...« Er zuckte unbehaglich die Achseln. »Jedenfalls ist es schon Stunden her.«

Jaina biß sich auf die Unterlippe, schloß die Augen und tastete mit Hilfe der Macht hinaus, um nach Jacen zu suchen. »Er ist nicht tot«, sagte sie schließlich. »Aber das ist alles, was ich sagen kann. Den alten Peckhum kann ich nicht spüren – zu ihm habe ich auch keine so starke Verbindung –, aber mein Bruder ist ganz sicher irgendwo da draußen.«

Ein aufrichtiges Lächeln machte sich auf Raynars Gesicht breit. »Sehr gut«, sagte er. »Das freut mich.«

»Das war der letzte, glaube ich«, sagte Lando, kam herüber und kniete neben Jaina nieder. »Wie geht's dir, Lowbacca, alter Junge? Du siehst so aus, als hättest du einiges hinter dir.«

Lowie bestätigte es mit einem dumpfen Schnaufen.

»Ich glaube, wir haben jetzt alle, die sich in der Nähe befanden«, sagte Lando.

»Wir haben noch einen gefunden«, sagte Luke, als er sich ihnen anschloß. Er deutete an den Rand der Lichtung, wo Tionne einen baumartigen Jedi mit gebrochenen Gliedern betreute.

Jaina blickte zu ihrem Onkel auf. »Was ist mit Jacen?«

»Er lebt noch …«, erwiderte Luke gedehnt. »Aber das ist auch schon alles, was wir wissen.«

»Ja«, sagte Jaina, »aber wo steckt er? Sollten wir nicht nach ihm suchen?«

»Wir müssen erst die Verletzten in den Großen Tempel schaffen«, erklärte Luke. »Wenn der alte Peckhum und Jacen die *Lightning Rod* in Gang gebracht haben, dürfte das Landefeld der erste Ort sein, den sie anfliegen. Auf einer kleinen Lichtung wie dieser würden sie nicht landen können.«

Jainas Züge entspannten sich ein wenig. Er hatte recht. Sie sah Lowie an. »Kannst du gehen?« fragte sie.

Lowie bejahte mit einem Grunzen.

»Master Lowbacca meint, daß er sich mit minimaler Hilfe durchaus fortbewegen kann«, erklärte MTD.

»Also gut«, sagte Jaina, »gehen wir in die Jedi-Akademie zurück.« Sie konnte es kaum erwarten, ihren Bruder wiederzusehen und zu erfahren, daß es ihm gutging.

Fast eine Stunde war vergangen, als sich unweit des Landefelds des Großen Tempels eine Gruppe humpelnder, hinkender Jedi-Rekruten aus dem Dschungel löste. Zu Jainas Enttäuschung war auf dem flachen, freigeräumten Gelände keine Maschine zu sehen.

»Keine Sorge, kleine Lady«, sagte Lando. »Ich werde dir helfen, ihn zu finden.«

Jaina gab einen schweren Seufzer von sich und nickte. Obwohl sie wußte, daß Jacen noch lebte, quälte sie eine Vorahnung, ein Gefühl drohender Gefahr. »In Ordnung«, sagte Jaina. »Bringen wir erst die Verwundeten rein. Im Tempel sind sie in Sicherheit und geschützt. Wir werden sie allerdings durch die Hoftür tragen müssen. Die Hangarbucht ist versperrt.«

Der Weg vom Landefeld zum gepflasterten Hof schien weiter zu sein, als Jaina es in Erinnerung hatte, doch schließlich trennten sie nur noch zehn Meter von dem Eingang. Als sie ihr Ziel so nah vor sich sah, lächelte Jaina und beschleunigte ihren Schritt.

Plötzlich stürzte eine zerlumpte Gestalt aus der schattigen Tür. Ihr Gesicht war blutverschmiert, verschrammt und mit einer dicken Schlammschicht bedeckt, aber Jaina hätte sie überall sofort erkannt.

Zekk hob stolz das Kinn und verstellte die Tür.

»Niemand betritt den Tempel«, sagte er.

22

Angesicht zu Angesicht mit ihrem alten Freund Zekk fand Jaina keine Worte. Es verschlug ihr den Atem, der wie ein Klumpen winterlicher Kälte in ihrer Lunge festgefroren schien. Ihr Herz raste und ihre Handflächen wurden feucht.

Zekk rührte sich nicht.

Luke trat an Jainas Seite. Auf der anderen Seite, noch immer halb auf sie gestützt, gab Lowie ein leises Knurren von sich. Und hinter sich spürte Jaina plötzlich die Gegenwart der anderen Jedi-Rekruten – Menschen, die Zekk bis heute, als er den Angriff gegen die Jedi-Akademie führte, noch nie gesehen hatte. Sie betrachteten ihn nur als ihren Feind, ohne eine Spur von etwas anderem in ihm zu sehen.

Den Blick noch immer auf Zekks schlammbedecktes Gesicht gerichtet, sagte Jaina: »Überlaß das mir, Onkel Luke. Damit muß ich allein fertig werden.«

Luke zögerte einen Moment lang. Jaina wußte, daß es ihm schwer fiel, ihre Bitte zu erfüllen. In seiner Stimme schwang ein warnender Unterton mit, als er antwortete. »Du hast hier keine defekte Maschine vor dir, an der du nur etwas rumbasteln mußt, damit sie wieder läuft.«

»Ich weiß«, sagte sie leise. »Ich bin mir nicht sicher, ob er mich anhören wird, aber ich weiß, daß er sonst niemandem zuhören würde.«

»Ich kann mich erinnern,« erwiderte Luke, »daß ich dasselbe gedacht habe, als ich Darth Vader wieder zur Hellen Seite bekehren wollte. Es ist ein gefährlicher Versuch ... der nur selten von Erfolg gekrönt wird.« Er seufzte, als fiele ihm in diesem Augenblick Brakiss ein.

Jaina riß ihren Blick von Zekk los und wandte sich ihrem Onkel zu. »Bitte laß es mich versuchen«, sagte sie. Luke betrachtete sie eine ganze Zeit, dann nickte er.

Jaina richtete nun ihre ganze Aufmerksamkeit auf Zekk und verbannte alle Ablenkungen aus ihrem Bewußtsein, während Luke Lowie vom Hof wegführte. Sie bezog Kraft aus der Macht, war aber unsicher, was sie dem jungen Mann sagen sollte.

Womit fing man an, wenn man mit einem Dunklen Jedi sprach?

Zekk, erinnerte sie sich. Dies hier war ihr Freund. Sie trat einen Schritt auf ihn zu und hob die Stimme, doch nur so weit, daß er sie gerade eben noch hören konnte. »Die Kämpfe sind jetzt vorbei, Zekk. Wir wollen nur hinein, um unsere Verwundeten zu versorgen.«

Zekk erbebte wie von einem inneren Schaudern. Er wich einen Schritt zurück und breitete im Tempeleingang die Arme aus. »Nein. Es wird noch viel mehr Verwundete geben, wenn ihr nicht bleibt, wo ihr seid.« Jaina erschrak, als sie seine Entschlossenheit spürte. Sie mußte eine andere Taktik versuchen.

Zekks Blick tastete von einer Seite zur anderen, als versuche er die Stärke der Jedi-Rekruten mit ihren vielen Verletzten einzuschätzen und sich auszurechnen, wie viele er umbringen konnte, bevor sie ihn überwältigten.

»Laß mich wieder dein Freund sein, Zekk«, sagte Jaina. »Ich vermisse es, dein Freund zu sein.« Er zuckte zusammen, als sei er geschlagen worden. »Löse dich von der Dunklen Seite und komm zurück ins Licht. Erinnerst du dich an den Spaß, den wir zusammen hatten, du und Jacen und ich? Weißt du noch, wie du das alte Interface-Modul geborgen hast und wir uns in die Computer des holographischen Zoos hackten?«

Zekk nickte argwöhnisch.

»Wir haben alle Tiere so umprogrammiert, daß sie corellianische Kneipenlieder sangen«, erzählte sie weiter. Ein wehmütiges Lächeln umspielte bei dem Gedanken ihre Mundwinkel.

»Wir sind erwischt worden«, fügte Zekk leise hinzu. »Und der Zoo hat die ursprünglichen Programme rekonstruiert.«

»Ja, aber es haben so viele Touristen bei ihrem nächsten Besuch danach gefragt, daß der Zoo einige Monate später für unsere singenden Tiere eine Sonderausstellung einrichtete.« Jaina glaubte den Anflug einer Erinnerung in seinen smaragdgrünen Augen zu erkennen, aber dann wurden sie wieder so hart wie Splitter aus grünem Marmor.

»Wir sind nicht mehr diese Kinder, Jaina«, sagte er. »Es kann nicht wieder so werden, wie es einmal war. Das verstehst du nicht, stimmt's?« Sein Blick tastete über den Hof, und er fuhr sich mit einer Hand über Stirn und Augen und verschmierte den Schlamm.

»Du hast recht«, erwiderte Jaina. »Ich verstehe es wirklich nicht. Erkläre es mir.«

Zekk holte tief Luft und begann vor der dunklen Tür auf und ab zu gehen, wie ein wildes Tier, das in einem unsichtbaren Käfig gefangen war. »Es gibt keinen Ort mehr, wo ich hingehöre, Jaina. Die Schatten-Akademie ist mein Zuhause geworden. Die gibt es jetzt nicht mehr – sie ist völlig zerstört. Wo soll ich hin? Die Dunkle Seite ist ein Teil meines Ichs.«

»Nein, Zekk«, sagte Jaina. »Du kannst sie aufgeben. Komm zurück ins Licht.«

Zekk lachte, ein Laut, der von Zorn und einer Spur Wahnsinn erfüllt war. Er kratzte mit einer Hand über seine Wange und streckte die Finger aus, so daß sie den Schlamm daran sehen konnte. Aus einer Wunde an seiner Wange rann Blut, aber er schien es nicht zu bemerken. »Die Dunkle Seite ist nicht wie dieser Schlamm«, sagte er. »Du kannst sie nicht eine Zeitlang mit dir herumtragen und dann wegkratzen – sie abwaschen wie ein Kind, das bis eben noch im Dreck gespielt hat.«

Zekk wischte die Hand an seinem zerfetzten Umhang ab. »Ich bin jetzt ein anderer Mensch als das ungebildete Straßenkind, das du auf Coruscant gekannt hast. Ich gehöre nicht mehr dahin. Wohin sollte ich überhaupt noch gehören? Ich bin zu einem Dunklen Jedi ausgebildet worden.« Sein Gesicht wurde ausdruckslos. »Und jetzt ist auch mein Lehrer tot. Er hat mich unterrichtet und an mich geglaubt, mir Fähigkeiten und einen Sinn im Leben gegeben.«

»Peckhum hat auch immer an dich geglaubt«, sagte Jaina mit sanfter Stimme.

Zekk fuhr sich mit einer schlammbeschmierten Hand durchs verfilzte Haar, und ein wilder Ausdruck trat ihm ins Gesicht. »Aber er ist auch tot – es kann nicht anders sein. Ich habe die *Lightning Rod* abstürzen sehen.«

Jaina hatte das Gefühl, als habe ihr ein tollwütiges Herdentier ein Horn in den Bauch gerammt. Die *Lightning Rod* sollte abgestürzt sein? Dann war Jacen möglicherweise schwer verletzt.

»Ich habe meinen Lehrer Brakiss enttäuscht und jetzt ist er tot«, sagte Zekk. Er gestikulierte, während er redete. »Ich habe die Schatten-Akademie in die Schlacht geführt, und alle meine Kameraden sind getötet oder gefangengenommen worden. Und wenn Peckhum tot ist, dann war das auch meine Schuld.« Zekks Augen waren glasig und fiebrig; sein Atem ging schnell und flach.

Jaina biß in störrischer Entschlossenheit die Zähne aufein-

144

ander. »Nun, Zekk, ich will nicht, daß deinetwegen noch mehr Menschen sterben. Laß mich einfach in den Tempel, damit wir unsere Verletzten betreuen können.«

Zekk hielt inne und fuhr zu ihr herum. »Nein! Komm nicht näher!«

Jaina trat einen Schritt vor. »Zekk, es gibt nichts mehr zu kämpfen. Was willst du denn jetzt noch erreichen?«

Zekk schüttelte den Kopf. »Du hast nie auf meinen Rat gehört. Du hast immer alles besser gewußt.« Trotz seiner offenkundigen Erregung waren Zekks Bewegungen beinahe beängstigend geschmeidig, als er das Lichtschwert von seinem Gürtel zog und mit einem Schnappen und Zischen die rot glühende Klinge zündete.

Mit einer Reaktion, die so instinktiv erfolgte, daß sie sich einen Moment später schon nicht mehr an sie erinnerte, hatte Jaina unversehens ihr eigenes Lichtschwert in der Hand, dessen violetter elektrischer Strahl summte und pulsierte.

Ein barbarisches Grinsen breitete sich über Zekks Gesicht aus, fast so, als sei er froh, daß es so weit gekommen war.

»Weißt du, Jaina«, sagte er, trat einen Schritt auf sie zu und fuchtelte mit der Energieklinge von einer Seite zur anderen, »wenn du es einmal zugelassen hast, daß die Dunkle Seite von dir Besitz ergreift, ist sie wie eine Krankheit, für die es keine Heilung gibt.« Er sprang auf sie zu, und ihre Klingen kreuzten sich in einem knisternden Duell zwischen Rot und Violett. »Und die einzige Möglichkeit, die Krankheit loszuwerden«, er setzte mehrmals nach und Jaina parierte, »besteht darin«, noch ein Schlag, »sie aus dir«, und noch einer, »herauszuschneiden.«

Jaina wich aus und hielt einen wachsamen Blick auf Zekk gerichtet, während sie sich wegdrehte und auf seinen nächsten Schlag wartete. Aus dem Augenwinkel sah sie, wie Luke den Zweikampf mit ruhiger Anteilnahme verfolgte.

In diesem Moment wurde Jaina klar, daß sie mit Gewalt versuchte hatte, Zekk zur Hellen Seite zu bekehren. Sie hatte versucht, ihn zu reparieren. Aber das konnte sie nicht. Es mußte seine *eigene* Wahl sein. Sie atmete tief durch, ließ sich von der Macht durchströmen und wich vor Zekk zurück.

»Ich will nicht mehr kämpfen, Zekk«, sagte sie, schaltete ihr Lichtschwert aus und warf es zu Boden. »Es gibt immer noch Gutes in dir, aber du mußt entscheiden, in welche Richtung du gehen willst – von jetzt an. Es ist deine Entscheidung, also entscheide dich diesmal richtig.«

In Zekks Gesicht rangen Verblüffung, Zorn und Verwirrung miteinander. »Woher weißt du, daß ich dich nicht töten werde?«

Aus dem Augenwinkel sah Jaina, wie Lowie einen Schritt vortrat, als wollte er sie beschützen, aber Luke hielt den Wookiee zurück, indem er ihm eine Hand auf die Schulter legte.

Jaina zuckte die Achseln. »Ich *weiß* es nicht. Aber ich werde nicht mit dir kämpfen. Triff deine Wahl.« Jaina strich ihr glattes braunes Haar zurück und sah Zekk mit ruhiger Gewißheit in die Augen – nicht der Gewißheit, daß er sie nicht verletzen würde, sondern der Gewißheit, das Richtige getan zu haben.

»Also, worauf wartest du noch?« flüsterte sie.

Mit einer langsamen, entschlossenen Bewegung hob Zekk das glühende rote Lichtschwert über Jainas Kopf.

23

Irgendwann wachte der imperiale Kommandeur Orvak auf und fühlte sich benebelt und ausgelaugt. Er kämpfte Alpträume nieder, die von Schlangenfängen und unsichtbaren Raubtieren erfüllt waren, die aus Rissen in der Wand schlüpften. Als er den Kopf schüttelte, schwappte eine Welle von Taubheit und Übelkeit durch seinen Schädel.

Orvak konnte sich weder daran erinnern, wo er war, noch wußte er, was er hier tat. Der Steinboden unter seinem hingestreckten Körper fühlte sich kalt an. Er war in eine unbequeme Haltung hineingestürzt und hatte offenbar eine ganze Zeit so geschlafen. Seine Hände pochten, und an einer sah er zwei kleine Wunden – Einstiche –, bevor sein Sichtfeld wieder verschwamm.

Er hatte offenbar seinen Helm und seine Handschuhe ausgezogen. Was hatte er nur hier gemacht? Wo befand er sich?

Er hörte keine Kampfgeräusche im Umkreis der Jedi-Akademie mehr. Was konnte geschehen sein?

Dann erinnerte sich Orvak, wie er in den antiken Tempel gekrochen war, und an seine wichtige Mission für das Zweite Imperium ... und an die unsichtbare, glitzernde Schlange, die ihn an der Hand berührt hatte. Aus irgendeinem Grund hatte ihr Gift ihm das Bewußtsein geraubt.

Er führte eine Hand nah an die Augen, hatte aber immer noch Schwierigkeiten, scharf zu sehen. Irgendeine Art Gift ... er war betäubt worden, aber allmählich ließ die Wirkung nach. War er ein Gefangener der Jedi-Zauberer?

Orvak stemmte sich in eine sitzende Position hoch, und das Universum fing in seinem Kopf an zu wirbeln. Er stützte sich auf den kühlen, glatten Boden auf. Er war hierher in den Tempel gekommen, um Sprengladungen zu legen, die die große Steinpyramide zerstören sollten. Dann würde jeder die Schwäche der Rebellion und ihrer Jedi erkennen und sie würden dem Zweiten Imperium Platz machen.

Aber irgend etwas war schiefgegangen.

Jetzt hörte er etwas. Ein Klicken. Er schüttelte erneut den Kopf und sah in die Richtung, aus der das seltsame Geräusch kam. Es stammte von dem Zeitzünder am anderen Ende der Steinplattform ...

Ein Zeitzünder!

Er blinzelte und schaffte es schließlich, wieder klar zu sehen. Seine Augen brannten, aber er konnte die Ziffern auf der Uhr erkennen.

Zwölf ... elf ... zehn ...

Er sprang auf die Füße – aber zu schnell. Schwindel überfiel ihn und er stürzte in einen schwarzen Abgrund.

Neun ... acht ...

24

Das Summen von Zekks Lichtschwert klang Jaina in den Ohren, als ihr früherer Freund es langsam auf ihren Hals niedersinken ließ. »Du hast es nie verstanden, Jaina ... Du kannst es nicht verstehen. Du warst immer so wohl behütet. Die Dunkle Seite ist wie eine Narbe, die man *innen* trägt.«

Zekks Blick blieb an ihrem hängen. Seine Hand blieb ruhig und er begann mit einer Stimme zu sprechen, die kaum hörbar war. »Aber das sind Narben, die sich nicht heilen lassen«, fuhr er fort. »Du kannst versuchen sie zu verdecken«, wieder dieses Summen, »aber sie sind immer noch da … unter der Oberfläche.«

Ein Schwarm wütender Insekten sirrte neben Jainas rechtem Ohr – aber es war nur das Lichtschwert, das nicht mehr über ihrem Kopf schwebte, sondern weiter qualvoll langsam herabsank.

Dann hörte Jaina wie aus weiter Ferne neue Geräusche: ein Knistern statischer Entladungen und dann eine laute Stimme aus einem Komgerät.

»Hier ist die *Lightning Rod*. Ich rufe jeden, der mich hören kann. Räumt besser möglichst schnell das Landefeld. Wir kommen runter. Oh, und wenn noch einige dieser Energieschilde in Betrieb sind, fahrt sie besser runter – wir haben heute schon genug Scherereien gehabt. Ich habe mir den Arm gebrochen, deshalb fliegt der kleine Solo – aber unsere Flügel sind beschädigt und ich bin mir nicht sicher, wie gut sich das Baby noch steuern läßt.«

In diesem Moment der Freude und Überraschung schwankte Zekks Lichtschwert, und er zog es von ihr weg. Ein Brummen erweckte seine Aufmerksamkeit, und Jaina warf einen Blick über die Schulter, um die *Lightning Rod* mit stotternden und sich aufbäumenden Triebwerken über den Baumwipfeln heranfliegen zu sehen.

»Wir erwarten euch, *Lightning Rod*«, hörte Jaina Luke in sein Komgerät sprechen. »Ihr habt Landeerlaubnis.«

Zekk konnte offenbar kaum fassen, daß das zerbeulte alte Schiff noch intakt war, und schüttelte den Kopf. Er streckte seine freie Hand nach ihr aus. »Jaina, ich wollte nicht …«

In diesem Moment erschütterte ein Donnern die Luft und übertönte alle anderen Geräusche. Der Boden vibrierte unter Jainas Füßen, schwankte vor Beben und Schockwellen.

»Runter!« rief Zekk.

Sie sprang zur Hofmauer, schlug auf dem Boden auf und zuckte unter einem Schmerz zusammen, als durchbohre sie ein Speer. Sie warf sich herum und hob den Blick, um dichte Rauchwolken von einer gewaltigen Explosion im Großen Tempel aufsteigen zu sehen. Riesige Steinquader brachen aus den Tempelmauern und rollten in einer Lawine die Seiten hinunter.

Auch Zekk rannte los, um sich in Sicherheit zu bringen, aber der Hagelsturm aus Stein und Schutt war schneller als er. Ein großer Brocken traf ihn am Kopf, während andere Mauerreste auf seinen Körper niederprasselten. Als Jaina den dunkelhaarigen jungen Mann auf den Boden sinken sah, kam ihr eins zu Bewußtsein: Er hatte es vorher gewußt.

Zekk hatte *gewußt, daß* der Tempel in die Luft gehen würde. Und er hatte sie alle gerettet.

25

Draußen, in den unerforschten Dschungeln von Yavin 4, auf der anderen Seite des Mondes, auf dem Luke Skywalker seine Jedi-Akademie gegründet hatte, schwelte der abgestürzte TIE-Jäger nach dem Aufprall.

Qorl kletterte unter Gekeuche und Geschnaufe aus der offenen Cockpitluke. Mit einer Anspannung seines menschlichen Arms befreite er seine Schultern, dann zog er den Rest seines Körpers nach. Sein Droidenarm knisterte und sprühte Funken von dem Schaden, den er beim Aufprall erlitten hatte.

Qorl empfand jedoch keinen Schmerz. Unvermindert strömte Adrenalin in hohen Mengen durch seine Adern und hielt ihn in Gang, als er sich aus dem Schiff zog. Seine Beine waren taub und steif, funktionierten aber noch. Er fiel aus dem zerstörten TIE-Jäger und stolperte in den Schutz der Bäume, für den Fall, daß der Jäger explodierte.

Allein im Dschungel, beobachtete Qorl den TIE-Jäger so lange, bis er sicher sein konnte, daß keines der Triebwerke einen instabilen Zustand erreichen würde. Das abgestürzte Schiff gab nach und nach seine letzten Seufzer von sich und erstarb.

Der imperiale Jäger hatte schweren Schaden davongetragen: Seine Außenhülle war von eisenharten Massassi-Ästen durchlöchert, seine beiden planaren Energieaggregate abgeknickt, eines sogar abgebrochen.

Bei seinem letzten Absturz, gejagt von den Rebellenstreitkräften, bedrängt von Turbolaserstrahlen, bis der entscheidende Treffer ihn der Kontrolle über sein Schiff beraubte, hatte Qorl den Untergang des Sternzerstörers mit ansehen müssen. Nun war er, während er seinen TIE-Jäger zu steuern versuchte, Zeuge geworden, wie die Schatten-Akademie hinter ihm explodierte.

Er wußte jetzt, daß alle Hoffnungen für das Zweite Imperium dahin waren. Der Imperator persönlich hatte sich an Bord der Schatten-Akademie befunden, so wie auch Lord Brakiss. Die verbliebenen Dunklen Jedi auf der Oberfläche würde man ohne Zweifel zusammentreiben und in Rebellengefängnisse bringen.

Qorl hatte viel zu bereuen. Statt einen der Solo-Zwillinge sterben zu lassen, hatte er sich dafür entschieden, seinen geistig verwirrten Studenten Norys zu opfern. Das war einem Verrat gleichgekommen und dafür schämte er sich.

Auch Aufgabe war Verrat ...

Aber Qorl hatte nie aufgegeben.

Wieder war er im Dschungel abgestürzt. Sein Schiff ließ sich nicht mehr reparieren. Das Zweite Imperium war geschlagen. Qorl konnte nirgendwo mehr hin, würde von niemandem mehr Befehle erhalten ... ihm blieb nichts anderes mehr übrig, als nach einer neuen Heimat zu suchen.

Vielleicht war es am besten so.

Er würde sich hier ein nettes Zuhause schaffen. Er kannte diesen Dschungel, die eßbaren Früchte, die Tiere, die leicht zu erlegen waren. Qorl mußte zugeben, daß er, trotz der glorreichen Rückkehr ins Zweite Imperium und der Ehre, noch einmal für seinen Imperator kämpfen zu dürfen, diese Jahre der Einsamkeit, des friedlichen Lebens allein im Dschungel genossen hatte.

Eigentlich meinte es das Schicksal gar nicht so schlecht mit ihm, fand er.

Qorl stapfte mit schweren Schritten in den Dschungel, um sich eine neue Heimat zu suchen. Diesmal nahm er sich vor, den Rest seines Lebens hier zu verbringen.

26

Die Dämmerung nach der großen Schlacht auf Yavin 4 war kühl und klar. Binnen weniger Stunden hatte das strahlende Sonnenlicht die verbliebenen schleierartigen Nebelfetzen vertrieben, die über dem schuttbedeckten Fundament des Großen Tempels und den Bäumen ringsum hingen. Der riesige orangefarbene Planet Yavin füllte den Großteil des Himmels aus.

Während sie mit Lowie und Jacen auf dem Landefeld wartete, wunderte Jaina sich über den Unterschied, den eine Nacht

Ruhe und eine gute Mahlzeit ausmachen konnten. Nachdem Luke, Tionne, Lando und einige Techniker von der Gemmentaucher-Station festgestellt hatten, daß die unteren beiden Geschosse des Großen Tempels noch baulich intakt waren, hatten sich die übrigen Rekruten und Angestellten wieder in die Pyramide gewagt und einen aufgeregten R2-D2 aufgestöbert, der unten im Hangar auf Rettung gewartet hatte. Admiral Ackbars Transporter hatten die meisten schwerverletzten Studenten evakuiert, während jene mit kleineren Wunden versorgt und in ihre Quartiere im Tempel gebracht worden waren.

Jaina war froh – wenngleich nicht ohne Schuldgefühle –, daß sie die Schlacht nahezu unbeschadet überstanden hatte. Während der Explosion hatten einige Steine ihr Schnitte und Schrammen zugefügt, aber das war auch schon alles.

Jaina betrachtete besorgt ihren Freund Lowbacca. Seine Schulter war wieder eingerenkt, sein Arm steckte in einer Stoffschlinge, seine gebrochenen Rippen umschloß ein fester Verband. Der Wookiee trug normalerweise nur seinen geflochtenen Gürtel aus Pflanzenfasern, weshalb die Schlinge und die dicken Bandagen um den Brustkorb seltsam unpassend wirkten.

Sie hörte hinter sich ein Trillern und Piepsen, drehte sich um und sah sich unversehens R2 und ihrem Onkel Luke gegenüber, die über das Landefeld zu ihnen herüberkamen. Der Jedi-Meister hatte einen gelassenen, tatkräftigen Ausdruck im Gesicht, und in seinen Augen blitzte ein Funken Humor auf.

»Also ich glaube, *ich* habe schon einmal schlimmer ausgesehen«, sagte Luke ohne Einleitung, »nämlich nach meiner Begegnung mit dem Wampa-Eisungeheuer auf Hoth.«

»Ja«, pflichtete ihm Jaina bei, »aber Lowie sieht heute morgen schon sehr viel besser aus.«

Luke kicherte. »Eigentlich meinte ich eher den Großen Tempel.«

Jaina drehte sich um und betrachtete die große Massassi-Pyramide. Das oberste Geschoß war durch die Explosion in sich zusammengefallen und Teile der Flanken waren herabgesackt. Die zerborstenen, ausgezackten Außenwände des großen Vorlesungssaals hätte man für die mit Schießscharten versehenen Zinnen einer alten Festung halten können.

»Anfangs habe ich befürchtet, wir müßten die Akademie in einen anderen Tempel verlegen«, sagte Luke, »aber jetzt ... ich bin mir nicht mehr sicher, ob wir dazu gezwungen sind.«

»Du meinst, wir könnten ihn wieder aufbauen?« fragte Jacen mit einem Stöhnen. »Toll – noch mehr Übungen, Felsblöcke heben, Balken balancieren ...«

R2-D2 zwitscherte und piepste, als sei er von der Idee ganz aus dem Häuschen. Lowie grummelte nachdenklich, dann brüllte er vor Schmerz und hielt sich die Rippen.

»Ja«, sagte Luke. »Auf diese oder jene Weise hat uns alle unsere Begegnung mit der Dunklen Seite verletzt. Ich glaube, der Wiederaufbau des Großen Tempels könnte zur Heilung unserer aller Wunden beitragen.«

»Vor allem Zekks«, murmelte Jaina und spürte, wie sich ihr schmerzhaft das Herz zusammenzog. »Er benötigt von uns allen vielleicht die meiste Heilung.«

»Das erinnert mich an etwas, Onkel Luke«, sagte Jacen. »Was machen wir mit den Dunklen Jedi-Rekruten, die wir gefangengenommen haben?«

»Tionne und ich arbeiten mit ihnen. Wir werden unser Bestes tun, um sie wieder auf die Helle Seite zu führen, aber in Fällen, wo das nicht möglich ist ...« Er breitete die Hände aus. »Darüber werde ich mich mit Leia unterhalten müssen, und ...«

»Oh, Master Lowbacca, schauen Sie!« unterbrach MTD von Lowies Gürtelschnalle. Jaina bemerkte, daß das Lautsprechergitter des winzigen Droiden gerade gebogen und sorgfältig poliert worden war.

»Hey, sie sind wieder da!« rief Jacen.

Landos Shuttle, mit Lowies zerbeultem T-23 im Schlepptau, flog auf eine Ecke des Landefelds zu, die sich ein ganzes Stück vom blasterzerschossenen Rumpf der *Lightning Rod* entfernt befand.

Mit einem erfreuten Heulen gab Lowie MTD einen dankbaren Klaps.

»Also, worauf warten wir noch?« fragte Jaina, als das Shuttle und der T-23 aufsetzten.

Jaina, Jacen und Lowie liefen los. Als sie das Shuttle erreichten, hatte es bereits die Landerampe ausgefahren, und Lando Calrissian stieg mit Tenel Ka am Arm herunter. Landos Umhang schwang hinter ihm und er setzte sein charmantestes Grinsen auf. »Eure Freundin hier ist eine ziemlich zähe junge Dame«, sagte er anerkennend.

»Das ist eine Tatsache«, sagte Tenel Ka ohne eine Miene zu verziehen.

»Ich hab's doch gleich gewußt«, sagte Jacen. »Hast du's gefunden?«

Tenel Ka nickte und hatte dabei einen zufriedenen Ausdruck im Gesicht. Sie zog ihren Arm frei, zerrte etwas aus ihrem Gürtel und hielt es Jacen hin. Es war das Rancorzahn-Lichtschwert, das sie während ihrer Auseinandersetzung mit Tamith Kai auf der Gefechtsplattform verloren hatte. »Es war leichter zu finden, als ich geglaubt hatte«, erklärte sie. »Vielleicht konnte ich's deshalb lokalisieren, weil ich den Rancor kannte, von dem der Zahn stammt.«

155

Tenel Ka schien kein Fieber mehr zu haben, und Jaina nahm amüsiert zur Kenntnis, daß das Kriegermädchen ihr rotgoldenes Haar sorgfältig um ihr Gesicht geflochten hatte, so daß ihre Bandage wie ein einfaches Stirnband wirkte.

»Ich habe Tenel Ka zu einem Besuch auf die Gemmentaucher-Station eingeladen, weil sie's das letzte Mal verpaßt hat«, sagte Lando. »Wir haben einige gute Bactatanks da, die diesen Schnitt an ihrer Stirn im Handumdrehen abheilen lassen. Lowbacca, du siehst auch so aus, als könntest du ein paar Tage in einem unserer Tanks gebrauchen.«

Lowbacca gab mit einem Bellen zu verstehen, daß er sich über das Angebot freute und einverstanden war.

»Oh, das wäre wirklich ungemein freundlich von Ihnen, Master Calrissian«, übersetzte MTD. »Master Lowbacca kann es nicht abwarten, wieder gesund zu sein, um mit den Reparaturarbeiten an seinem ruinierten Schiff zu beginnen.«

»Sein kleiner Skyhopper ist bestimmt nicht das einzige schrottreife Schiff.«

Jaina fuhr zusammen, als hinter ihr Peckhums laute Stimme dröhnte.

»Aber ich versteh schon, was er meint. Der Junge und ich können's auch kaum erwarten, die *Lightning Rod* wieder in Schuß zu bringen. Aber ich glaube, Zekk wird eine Weile brauchen, um sich wieder zu erholen.« Der alte Peckhum stand neben der beschädigten *Lightning Rod,* eine Hand auf Zekks Schulter, der andere Arm schwer bandagiert.

Zekks Gesicht war so blaß wie der Verband, den man ihn um den Kopf gewickelt hatte. Sein Blick wirkte seltsam leer, sein Gesicht ausdruckslos. Er konnte Jaina nicht in die Augen sehen.

»Ich glaube, hier sind noch zwei Kandidaten für deine Bactatanks, Lando«, sagte Jaina. »Dürfen Jacen und ich sie begleiten, Onkel Luke?«

R2-D2 zwitscherte.

»Ja, genau! Das ist eine fabelhafte Idee«, sagte MTD.

»Wir versprechen, uns diesmal nicht entführen zu lassen«, fügte Jacen mit dem typisch schiefen Grinsen der Solos hinzu.

Luke kicherte. »Also gut, ich glaube, das würde euch allen guttun. Gemeinsam seid ihr jungen Jedi-Ritter stärker. Wenn ihr einige Zeit weg seid, um euch zu erholen, dann könnt ihr uns hinterher um so besser beim Wiederaufbau helfen … bereit für einen neuen Anfang.«

»Danke, Onkel Luke«, sagte Jaina.

»Jacen, mein Freund«, sagte Tenel Ka. »Am besten brechen wir möglichst bald auf. Wir wollen doch nicht, daß uns alle verletzten Studenten begleiten und Master Skywalker hier allein lassen.«

Jacen warf Tenel Ka einen verwirrten Blick zu. »Wie meinst du das?« fragte er. »Warum machst du dir Sorgen darüber?«

»Weil«, sagte Tenel Ka ernst, »ein Jedi-Ritter unbedingt Patienten braucht.«

Jacen blinzelte sie an und hatte einen unsicheren Ausdruck im Gesicht. Dann erhellte ein scheues Lächeln Tenel Kas Gesicht. Es war das erste Mal, daß er sie so breit lächeln sah.

»Das glaub ich einfach nicht …«, begann Jacen.

Jaina schüttelte erstaunt den Kopf. »Klingt fast so, als hätte sie gerade einen Witz gemacht.«

»Das ist eine Tatsache!« sagte Jacen grinsend.

Lowie schnaubte heiter. Jaina kicherte.

Bald hallte die ganze Lichtung von Lachen wider.

GOLDMANN

Der phantastische Verlag

»*Ich kann mich nicht erinnern, jemals eine so
großartige Fantasy gelesen zu haben. Terry Goodkind
ist der wahre Erbe von J.R.R. Tolkien.*«
Marion Zimmer Bradley

»*Einfach phänomenal.*«
Piers Anthony

Terry Goodkind:
Das erste Gesetz der Magie   24614

Terry Goodkind:
Der Schatten des Magiers   24658

Goldmann · Der Taschenbuch-Verlag

GOLDMANN

Der phantastische Verlag

*Eine Raumstation im Zentrum des Sonnensystems.
Babylon 5 – die atemberaubend packenden Romane zur
Science-fiction-Kultserie.*

Tödliche Gedanken   25013

Im Kreuzfeuer   25014

Blutschwur   25015

Goldmann · Der Taschenbuch-Verlag

GOLDMANN

Das Gesamtverzeichnis aller lieferbaren Titel erhalten Sie im Buchhandel oder direkt beim Verlag.

Taschenbuch-Bestseller zu Taschenbuchpreisen
– Monat für Monat interessante und fesselnde Titel –

✳

Literatur deutschsprachiger und internationaler Autoren

✳

Unterhaltung, Thriller, Historische Romane
und Anthologien

✳

Aktuelle Sachbücher, Ratgeber, Handbücher
und Nachschlagewerke

✳

Esoterik, Persönliches Wachstum und
Ganzheitliches Heilen

✳

Krimis, Science-Fiction und Fantasy-Literatur

✳

Klassiker mit Anmerkungen, Autoreneditionen
und Werkausgaben

✳

Kalender, Kriminalhörspielkassetten und
Popbiographien

Die ganze Welt des Taschenbuchs

Goldmann Verlag · Neumarkter Str. 18 · 81673 München

Bitte senden Sie mir das neue kostenlose Gesamtverzeichnis

Name: _____

Straße: _____

PLZ / Ort: _____